DIE FRAU AUF DER HOCHZEIT

EVA GONZAY

Kapitel 1

„Du musst gehen, Vega", beharrt meine Mutter zum dritten Mal.

„Auf keinen Fall, Mama, ich habe dort nichts zu suchen."

„Was soll das heißen, du hast dort nichts zu suchen?", fragt sie verärgert. „Sie sind deine Familie."

„Einige entfernte Onkel und Cousins, die ich nur zweimal in meinem Leben getroffen habe, gelten nicht gerade als meine Familie, Mama. Ich weiß nicht einmal mehr, wie sie aussehen", gebe ich dramatisch zu bedenken.

„Was für eine Übertreibung. Außerdem spielt es keine Rolle. Es ist nur ein Tag, Vega, nicht einmal das. Sie gehen in die Kirche, dann zum Abendessen und zurück. Du musst nicht die ganze Zeit bleiben, wenn du nicht willst, nur so lange, bis du zu Abend gegessen hast. Dann kannst du dir eine Ausrede ausdenken und gehen."

Ich seufze verzweifelt und schüttle den Kopf.

„Ich kann nicht glauben, dass ich bei einem solchen Ereignis dabei sein muss, nur um bei der Familie gut dazustehen", sage ich.

„Versteh doch, Schatz, sie sind alle zur Hochzeit deines Bruders gekommen. Wenn niemand aus unserer Familie zur Hochzeit deiner Cousine Ana geht, werden sie es negativ auffassen. Dein Bruder hat an diesem Wochenende eine Doppelschicht in der Klinik und kann sie nicht verschieben."

„Kann oder will er nicht?", frage ich ironisch.

„Stell dich nicht so an, Vega, du weißt doch, dass Gabriel viel arbeitet."

„Und ich nicht?"

„Oh, Tochter, du bist immer in der Defensive. Du weißt, dass wir gehen würden, wenn es deinem Vater gut ginge, aber wie sollen wir gehen, wenn sein Bein gebrochen ist? Außerdem hast du ja Urlaub."

„Genau, mein erster freier Tag, und du willst, dass ich ihn auf einer Hochzeit verbringe, auf der ich niemanden kenne. Ich bin mir sicher, dass ich an einem der typischen Tische mit verbitterten Freunden sitzen werde, die um des Kompromisses willen eingeladen wurden."

„Wie unangenehm du bist, Tochter, um Gottes willen."

Und, so wahr mir Gott helfe, werde ich sie für diesen Gefallen reichlich bezahlen.

„Ich bin allein, Mutter. Weißt du, wie es ist, allein auf so eine Veranstaltung zu gehen?"

„Wenn du Ismael nicht verlassen hättest..."

Da haben wir es. Es ist aber meine Schuld, immerhin konnte ich meine Klappe nicht halten.

„Mama, fang nicht damit an."

„Entschuldigung. Und wenn du deine Freundin einlädst? Susana?"

Plötzlich geht mir ein Licht auf: Allein zu dieser Hochzeit zu gehen, kann eine echte Tortur sein, aber mit der verrückten Susana kann es sogar Spaß machen.

„Okay, lass uns nicht mehr diskutieren", stimme ich zu, ohne ihr zu sagen, dass die Idee jetzt gar nicht mehr so schlecht erscheint, "schließlich wissen wir beide, dass du nicht aufhören wirst, bis ich ja sage."

„Danke, Tochter", ruft sie und stürzt zu mir, um mich zu umarmen, "du weißt nicht, wie glücklich du mich gerade gemacht hast."

Während ich mit meinen Eltern esse, schicke ich Susana eine Nachricht, in der ich sie bitte, mich heute Nachmittag dringend zu treffen. Wie erwartet, sagt sie zu, und ein paar Stunden später treffen wir uns in der üblichen Bar.

„Ich glaube nicht, dass das so eine große Sache ist", sagt sie.

„Was meinst du damit? Hast du gehört, was ich gesagt habe? Ich muss zu einer Hochzeit gehen, bei der ich nur ein paar Verwandte kenne, die ich nur ein paar Mal in meinem Leben getroffen habe."

„Nun ja, auf den ersten Blick", räumt sie reumütig ein, bevor sie einen Tortillaspieß verschlingt und einen großen Schluck von ihrer Limonade nimmt.

„Du musst mit mir kommen, ich kann nicht alleine gehen, sonst drehe ich durch, Susana. Wenn du mit mir kommst, können wir uns kostenlos betrinken und unsere eigene Party feiern."

„Willst du, dass ich dich zu dieser Hochzeit begleite?", fragt sie mit einem machiavellistischen Lächeln.

„Ja, natürlich."

„Okay", zuckt sie amüsiert mit den Schultern, "vielleicht halten sie uns für ein Paar, kannst du dir das vorstellen?"

Jetzt stößt sie ein schallendes Lachen aus, so dass sich mehrere Leute umdrehen und uns ansehen.

„Es ist mir egal, was sie denken", stelle ich klar und lache ebenfalls, "ich werde sie wahrscheinlich nie wieder sehen, zumindest nicht, bis eine andere meiner Cousinen heiratet."

„Sag mir einfach das Datum, und ich schreibe es in meinen Kalender."

Susanas Kalender. Es gibt nichts, was sie darin nicht aufschreiben würde. Wenn sie ihn eines Tages verliert, wird ihre Welt völlig aus den Fugen geraten und sie wird nicht wissen, was sie in der nächsten Stunde tun soll. Manchmal denke ich, meine Freundin ist wie ein Roboter. Sie tut nichts, wenn sie es nicht vorher aufgeschrieben hat.

„Nächsten Samstag Nachmittag. Mach dir keine Gedanken über die Kleidung, du kannst das gleiche tragen wie auf der Hochzeit deiner Schwester, dort kennt dich niemand."

„Oh, Scheiße", ruft sie aus, als sie den Kalender öffnet.

„Was ist los?", frage ich alarmiert.

„Nächsten Samstag schaffe ich es nicht. Ich habe einen Meditationsworkshop, der mich 200 Euro kostet und das ganze Wochenende dauert."

„Zweihundert Euro?", frage ich mit großen Augen.

„Natürlich", sagt sie, als wäre das ganz normal.

„Nun, das ist mir egal, ich gebe dir die zweihundert Euro."

„Es geht nicht um das Geld, Vega, sondern darum, dass dieses Ereignis nur einmal im Jahr stattfindet und ich es nicht verpassen möchte. Du weißt, wie sehr ich diese Dinge mag."

Ich lehne mich in meinem Stuhl zurück und seufze resigniert. Der Versuch, sie davon zu überzeugen, ist sinnlos, es wäre so, als würde man sie bitten, mit dem Atmen aufzuhören, und das Schlimmste ist, dass ich meiner Mutter bereits gesagt habe, dass ich gehe, und ich bin sicher, dass sie es meiner Tante bereits bestätigt hat.

„Es tut mir so leid, Vega", klagt sie, "wir können es Meli sagen, ich bin sicher, dass sie gerne mitkommen wird."

„Mit Meli zu gehen ist dasselbe wie alleine zu gehen, sie sitzt auf dem Stuhl und macht den Mund nicht auf, es sei denn, sie zündet sich eine Zigarette an. Das ist egal, keine Sorge, es sind ja nur ein paar Stunden. Ich denke, ich werde es überleben."

„Natürlich wirst du das. Du musst nur die Kirche ertragen, dann trinkst du alles, was du findest, und du wirst sehen, wie viel Spaß du haben wirst. Hochzeiten sind ein Riesenspaß. Allein um zu sehen, wie sich die Leute zum Narren machen, lohnt sich der Besuch."

„Du hast Recht", sage ich etwas fröhlicher.

Es sind nur ein paar Stunden, was kann da schon schief gehen?

Kapitel 2

Ich verlasse die Arbeit ungläubig und euphorisch. Nach mehreren Monaten des absoluten Stresses ist der lang ersehnte Urlaub endlich da, und das gleich für einen ganzen Monat. Der einzige Nachteil ist die Hochzeit, aber ich sage mir, dass es nur ein Tag ist, und dann kann ich an den Strand, in die Berge oder beides gehen. Ich kann tun und lassen, was ich will, verdammt noch mal.

„Ich kann nicht glauben, dass dir bis jetzt noch nichts eingefallen ist", sagt Susana, als wir uns zum Essen setzen.

Wir treffen uns wieder in unserer Bar, um uns zu verabschieden. Sie reist heute Abend ab, um das ganze Wochenende bei diesem Workshop zu verbringen, und ich reise morgen Vormittag ab. Wir werden uns erst am Montag wiedersehen, vorausgesetzt, ich habe mir nicht vorgenommen, irgendwohin zu gehen.

„Diesmal will ich nichts planen", sage ich, woraufhin Mrs. Planning fast die Augen aus den Höhlen fallen.

„Du bist eine Katastrophe und wirst dadurch viel Zeit verlieren, verstehst du?", sagt sie, als ob es etwas Tragisches wäre.

„Es ist mir egal, ich will mich nicht belasten, ich will nicht jeden Abend mit dem Gedanken einschlafen, dass ich am nächsten Tag früh aufstehen muss, weil ich sonst nicht ankomme. Ich habe einen ganzen Monat Zeit, ich möchte in aller Ruhe aufwachen und dann entscheiden, wie es weitergeht."

„Ich werde nicht versuchen, dich zu überzeugen. Wo findet die Hochzeit statt? Wohnen deine Cousins weit weg von hier?"

„Nein, es sind nur ein paar Stunden Fahrt. Ich habe vor, rechtzeitig loszufahren, und wenn ich etwas zu spät zur Zeremonie komme, ist das umso besser. Ich will es nur ein für alle Mal aus dem Weg räumen."

„Hochzeiten machen Spaß, und du weißt ja, was man sagt: Eine Hochzeit führt zur nächsten", fügt sie lächelnd hinzu.

„Ich erinnere dich daran, dass man dafür einen Partner braucht."

„Ja, auch das ist wahr."

Kapitel 3

Als ich am nächsten Tag aufwache, bin ich erstaunlich ruhig. Ich dachte, ich würde vor lauter Hochzeitsstress überhaupt nicht mehr schlafen, aber ich bin ganz ruhig. Ich gehe alles viel langsamer an, als ich Susana gesagt habe. Um die Mittagszeit ruft mich meine Mutter an und fragt mich, ob ich schon ausgegangen sei, und ich sage ihr, dass ich gerade dabei sei, obwohl ich noch esse.

Die Hochzeit ist um fünf Uhr, ich sehe keine Notwendigkeit, früher zu kommen und mir den typischen Kommentar gefallen zu lassen, den meine Tante oder meine Cousins mir gegenüber machen werden. Leute, die mich übrigens kaum kennen und der im Grunde darauf hinausläuft: Mal sehen, wann du einen Freund bekommst, dann wirst du auch heiraten. Es ist ja nicht so, dass ich mein ganzes Leben lang prüde gewesen wäre, ich habe sicher mehr gefickt als alle drei zusammen.

Ich verlasse das Haus um viertel nach drei und komme, wie erwartet, etwas zu spät zur Zeremonie. Ich schleiche mich in die Kirche, und nur wenige Leute bemerken mich. Ich stehe hinten an der Tür, so dass ich, wenn die Rede des Priesters unerträglich wird, jederzeit einen Hustenanfall vortäuschen und gehen kann, um nicht zu stören. Das ist ein Trick, den ich vor langer Zeit gelernt habe.

Die Kirche ist ziemlich voll, aber außer meinen Onkeln und Cousins in der ersten Reihe kenne ich natürlich niemanden. Meine Mutter hat nur diese eine Schwester, und sie haben keine enge Beziehung zueinander. Meine Tante lernte den Besitzer eines Juweliergeschäfts kennen und gewöhnte sich sehr schnell an das prunkvolle Leben und daran, das Recht zu nutzen, dass Leute mit Geld meinen, auf einen herabsehen zu können, als wäre man etwas Unbedeutendes.

Im Gegensatz dazu hat meine Mutter meinen Vater geheiratet, der immer als Arbeiter in einer Eisengießerei gearbeitet hat. Wir sind eine bescheidene Familie, obwohl es mir nie an etwas gefehlt hat.

Während ich das Geplapper des Priesters und die Tränen und den Rotz vorgetäuschter Rührung einiger der Anwesenden ertrage, denke ich daran, dass ich morgen den ganzen Tag am Strand verbringen könnte, um die unerträgliche Hitze zu kompensieren, die ich heute erlebe.

Plötzlich stehen die Leute auf und ich schaue erstaunt in alle Richtungen. Ist es schon vorbei? Sieht so aus. Der erste Punkt ist abgehakt, jetzt müssen wir nur noch die Fotos, Snacks und das Abendessen überstehen. Dann werde ich frei sein.

Ich schlüpfe durch die Menge und stoße mit einem Typen zusammen, der mir einen räuberischen Blick zuwirft, den ich ignoriere, obwohl er ziemlich süß ist. Ich will mit diesen Leuten nichts zu tun haben, wir gehören verschiedenen Welten an, und ich fühle mich in meiner wohl.

„Habe Geduld", sage ich mir.

„Vega, mein Schatz, du bist gekommen!", ruft meine Tante mit einer schrillen, nervigen Stimme, an die ich mich nicht erinnere.

Natürlich bin ich gekommen, meine Mutter hat es ihr mitgeteilt. Ich verstehe nicht, warum sie so überrascht tut. Ich sehe keinen Grund, eine solche Szene zu machen. Sie umarmt mich, und obwohl ich mich diesem Teil meiner Familie nicht besonders verbunden fühle, gibt es mir ein gutes Gefühl: Sie haben immer noch mein Blut, und das verbindet.

Ich begrüße meinen Onkel mit zwei Küssen und dann meine Cousins. Ana stellt mir kurz ihren Ehemann vor, den Sohn eines Bankiers und Erben eines großen Vermögens seiner Großmutter mütterlicherseits. Ich mache ein Foto zwischen den beiden und schaffe es schließlich, wieder ins Auto zu steigen. Das Restaurant, das sich in einem Vier-Sterne-Hotel befindet, ist mehr als eine halbe Stunde entfernt. Natürlich haben meine Tante und mein Onkel mir ein Zimmer für die Nacht gebucht.

„So kannst du so viel trinken, wie du willst, ohne dich um das Auto kümmern zu müssen", sagt mein Onkel, und ich nehme mir vor, mich komplett abzuschießen, wie Susana mir geraten hat.

Ich fahre langsam, und als ich auf dem Hotelparkplatz ankomme, bleibe ich eine halbe Stunde lang im Auto sitzen, checke meine Mails und treibe mich in den sozialen Medien herum. Als ich denke, dass es keinen Sinn hat, es noch weiter auszudehnen, betrete ich das Hotel und stelle überrascht fest, dass in der gleichen Nacht drei Hochzeiten stattfinden. Ich nenne den Namen meines Cousins und werde in den Flur verwiesen, wo ich hingehen soll.

Als ich eintrete, befinden sich die meisten Gäste in einem privaten Garten, in dem mehrere Tische mit Degustationsplatten und zwei Bars mit Getränken aufgebaut sind, während die Braut und der Bräutigam vom Fotoshooting zurückkehren.

Ich gehe direkt zur Bar und hole mir auf dem Weg ein paar Spieße, die mir zeigen, wie hungrig ich bin. Ich bestelle mir ein Glas Wein und stelle mich an einen anderen Tisch, wo ich hungrig einen Teller mit Käsetacos und einen Teller mit Häppchen betrachte.

„Vega, steh nicht allein da, komm, ich stelle dir ein paar Freunde vor."

Jetzt ist es meine Cousine María, die mich aufgespürt hat, mich am Arm packt und durch den Garten zerrt, während ich mich fast unter Tränen von dem verabschiede, was mein Snack sein sollte.

Sie stellt mich mehreren ihrer Freunde oder Verwandten vor, und ich muss zugeben, dass sie mich trotz meines Widerwillens sehr gut behandeln und dafür sorgen, dass ich mich nicht allein fühle. Zu meiner Überraschung sind ihre Gespräche relativ normal, und ich verbringe die Zeit mit ihnen, bis das Abendessen serviert wird. Zwei Gänge und eine Nachspeise. Dann sage ich, dass ich einen frühen Flug erwischen muss, und verabschiede mich wie eine echte Dame.

Ich gehe um den Tisch herum, auf den sie hingewiesen haben, bis ich ein kleines Schild mit meinem Namen darauf finde. Der Tisch ist mit anderen Leuten besetzt, die ich nicht kenne, anscheinend Cousins und Cousinen auf der Seite meines Freundes, die so weit weg sind wie ich und die verdammt langweilig sind.

„Wie lange kennst du Ana schon?", fragt mich einer von ihnen und lässt mich unvorbereitet zurück.

Ich starre ihn einige Sekunden lang an und versuche herauszufinden, ob er einen Scherz macht oder es wirklich ernst meint. Er ist nicht der Einzige, der mich aufmerksam beobachtet und auf eine Antwort wartet, aber die anderen tun es auch. Gehören sie einer Sekte an oder was?

„Wir sind Cousins, ich kenne sie seit meiner Geburt", sage ich lakonisch.

„Aha", antwortet der Typ mit offenem Mund und starrt mich länger an, als mir lieb ist.

Diese Veranstaltung ist der reinste Graus. Im Garten sah es so aus, als ob es erträglich wäre, aber hier drinnen mit diesem Haufen Verrückter bekomme ich schon beim Abendessen Verdauungsstörungen. Ich schenke mir noch ein Glas Wein ein und trinke es fast in einem Zug, als jemand das berühmte "Es lebe das Brautpaar" ruft. Außer mir antwortet niemand an meinem Tisch. Alle sehen entsetzt zu, wie die anderen Gäste die Servietten in die Luft werfen, als ob sie eine Kardinalsünde begehen würden.

„Es lebe die Braut und der Bräutigam!"

Diesmal bin ich diejenige, die so laut geschrien hat, dass ich am Ende sogar wie ein Hahn gekrächzt habe, aber niemand hat darauf beachtet. Der ganze Raum hat reagiert und wir schwenken weiterhin Servietten in der Luft, während die Leute an meinem Tisch stillstehen und den Atem anhalten.

Ich fange an, mich zu fragen, ob es sich wirklich um Familienmitglieder handelt oder um Schauspieler, die gekommen sind, um eine Show zu veranstalten, die niemand erwartet, denn ich verstehe nichts. Man kann nicht jung und so sterbenslangweilig sein, das sollte verboten werden.

Kapitel 4

Als der Kuchen kommt, habe ich genug Alkohol getrunken, um die Personen neben mir zu ertragen, und ich habe noch keine Lust zu gehen. Ich habe genug konsumiert, um ein bisschen die Scham zu verlieren, aber nicht genug, um die Würde auch noch abzugeben, zumindest glaube ich das nicht. Ich habe Lust, mich zu amüsieren, und sobald wir mit dem Kuchen fertig sind, werden die Lichter dunkler und die Musik und die offene Bar beginnen.

Ich bestelle einen Gin Tonic und trinke ihn im Stehen an der Bar, bis meine Cousine María mich entdeckt und in die Mitte der Tanzfläche zieht. Ich beschließe, mich gehen zu lassen und es zu versuchen. Ich tanze mit ihr, auch mit meiner Cousine Ana, mit meinen Onkeln, sogar mit einem glatzköpfigen Mann, der älter als eine Pyramide ist, und mit zwei Damen, die mich einfach als Teil ihrer Gruppe aufnehmen.

Als das Lied zu Ende ist, bin ich total aufgekratzt und ziemlich müde. Mir ist klar, dass ich wegen des Alkohols, den ich zu mir genommen habe, im Hotel schlafen muss, wenn ich verantwortungsbewusst sein will, also beschließe ich entgegen aller Wahrscheinlichkeit, auf der Party zu bleiben, bis mein Körper sagt, dass es genug ist.

Ich bestelle mir noch einen Gin Tonic und gehe in den Garten, um etwas frische Luft zu schnappen. Dort treffe ich meinen neuen Cousin, den Mann, der Ana geheiratet hat, ich glaube, er heißt Goyo, aber ich bin mir nicht ganz sicher. Sie umarmt mich, als ob wir uns schon unser ganzes Leben lang kennen und wirklich mögen würden, und ich erwidere seine Umarmung, denn ich bin ein bisschen betrunken. In solchen Momenten ist man plötzlich mit allen befreundet, und jeder scheint richtig cool zu sein.

„Eine Zigarette?", fragt mein neuer Cousin und öffnet eine Schachtel Zigaretten, die ihm mein Onkel geschenkt hat.

Normalerweise rauche ich nicht, aber in solchen Momenten sage ich nie nein. Mein Onkel gibt mir Feuer und lacht schallend, als ich beim ersten Zug zu husten beginne. Ich lache auch und räuspere mich ein paar Mal, bis ich mich daran gewöhnt habe, dann nehme ich einen zweiten Zug und beschließe, während sie ein Gespräch führen, das mich nicht im Geringsten interessiert, durch den Garten in einen dunkleren Bereich zu gehen und meine Zigarette allein zu Ende zu rauchen, um sie in Ruhe zu genießen.

Ich erreiche einen Bereich voller Blumenbeete, die ich nicht ausmachen kann, und hinter einem kleinen Zierstrauch sehe ich einen Teil einer Holzbank. Der perfekte Ort, um sich hinzusetzen und die Füße ein wenig auszuruhen, bevor ich wieder hineingehe, um meine Arbeit zu Ende zu bringen. Ich gehe um den Busch herum, und als eine Bank zum Vorschein kommt, finde ich ein Mädchen in meinem Alter darauf sitzen.

„Tut mir leid", entschuldige ich mich schnell, als sie aus dem Schock aufspringt, "ich dachte, es wäre niemand da."

„Setz dich", fordert sie mich auf, als sie sieht, dass ich umkehren will, "auf der Bank ist Platz für uns beide. Ich bin nur rausgekommen, um frische Luft zu schnappen. Es ist sehr heiß drinnen."

„Danke", sage ich und lasse mich geschlagen zurückfallen.

Ich stütze meine Ellbogen auf die Knie und nehme einen weiteren tiefen Zug, während ich sie beobachte. Ich glaube nicht, dass ich sie den ganzen Nachmittag gesehen habe, vor allem, weil ich sie trotz ihrer Schlichtheit für ein sehr attraktives Mädchen halte und mich an sie erinnern würde, aber natürlich ist es bei all den Leuten dort normal, dass ich mehr als die Hälfte von ihnen nicht kenne.

„Mein Name ist Ailén", stellt sie sich plötzlich vor und reicht mir die Hand.

„Mein Name ist Vega", antworte ich und nehme die Hand an, die so weich und warm zu sein scheint, "bist du mit dem Bräutigam verwandt?", wage ich zu fragen.

„So etwas in der Art", antwortet sie mit einer amüsierten Geste, "du hast nicht zufällig noch eine, oder?"

Ich schaue auf meine fast verbrannte Zigarette. Ich weiß nicht, ob es daran liegt, dass ich wegen des Alkohols langsame Reflexe habe oder dass dieses Mädchen etwas Hypnotisches an sich hat.

„Ich habe keine, aber ich weiß, wo ich welche bekomme."

Jetzt scheint mein Körper unabhängig von meinem Gehirn zu arbeiten. Ich bin gerade aufgestanden und habe ihr die Hand gereicht, als wäre sie ein Märchenprinz. Aber was zum Teufel ist los mit mir? Ailén zögert einen Moment, aber schließlich lächelt sie verschmitzt, nimmt meine Hand an und steht auf. Ich ziehe sie so fest an mich, dass ich sie fast gegen meinen Körper drücke, so dass wir uns näher sind, als es normal wäre. Mein Herz schlägt in diesem Moment schneller, aber ich verstehe nicht wirklich, warum. Ich gebe dem auch keine Bedeutung, weil ich ein wenig beeinträchtigt bin und in diesem Zustand alles intensiver wahrgenommen wird.

Ailén beißt sich auf die Lippe, seufzt und sieht mich an. Ich weiß nicht, was ich tun soll und bin plötzlich sehr nervös, aber dann lässt sie meine Hand los und tritt mit einem teuflisch sinnlichen Lächeln zurück und hebt eine Augenbraue.

„Sollen wir gehen?"

Diese einsilbige Frage reicht aus, um mich wieder auf die Palme zu bringen. Ich gebe ihr eine Geste, mir zu folgen, und wir gehen beide zu der Stelle, an der meine neue Cousine neben meinem Onkel steht.

„Kann ich noch ein paar Zigarren haben?", frage ich mit allem Vertrauen in die Welt.

„Natürlich, Cousine, natürlich", antwortet er, noch betrunkener als zuvor.

Er sieht mich und Ailén an, die ein paar Schritte zurückbleibt, dann nimmt sie die Zigaretten aus dem Päckchen, gibt jedem von uns eine und mein Onkel ist es, der uns wieder Feuer gibt. Vielleicht ist es seine Aufgabe auf dieser Hochzeit, Zigaretten anzuzünden, denn der Mann raucht nicht, und ich habe schon mehrmals gesehen, wie er uns Feuer gegeben hat.

„Diesmal hast du nicht gehustet", lacht mein Onkel.

„Ich lerne schnell", antworte ich und blase den Rauch großspurig aus.

„Ein interessantes Mädchen", sagt Ailén und deutet mir mit dem Kopf, ihr zu folgen.

Ich denke nicht eine Sekunde darüber nach und folge ihr. Wir gehen nicht wie vorher zur Bank, sondern bleiben diesmal neben einem Baum stehen, und als sie anhält, blase ich komischerweise den Rauch aus meiner Nase. Sie lacht. Ich glaube, dass sie genauso betrunken ist wie ich, und sie imitiert mich, indem sie mich herausfordert.

„Was kannst du sonst noch?"

„Es wäre schön, wenn ich ihn mir aus den Ohren pusten könnte", antworte ich mit einer Grimasse, "aber bis jetzt habe ich es noch nicht gelernt."

„Was für eine Enttäuschung, ich dachte, du würdest mir etwas Neues beibringen", scherzt sie und tut so, als sei sie verärgert.

„Kannst du etwas Besseres?", fordere ich sie heraus.

Ich weiß nicht, was mit mir los ist oder warum ich hier bin, in einem der wenigen menschenleeren Bereiche des Gartens, und mich auf einen eindeutigen Flirt mit einer völlig Fremden erscheint.

„Ich weiß, wie man es woanders ausstößt", antwortet sie keck.

„Woanders?", wiederhole ich verwirrt.

Mehrere Sekunden lang zerbreche ich mir den Kopf darüber, was sie meint, aber ich komme erst dahinter, als es zu spät ist.

„Ja, in deinem Mund."

Ihre unverblümte und entschlossene Antwort lässt mich so außer Atem, dass ich nicht reagieren kann, obwohl ich ihre Absichten von Anfang an erkenne. Ailén kommt gefährlich nahe. Warum halte ich sie nicht auf, warum gehe ich nicht einen Schritt zurück und sage ihr, dass sie es mir nicht zu beweisen braucht? Mein Körper reagiert nicht, Ailén legt eine Hand an meine Wange und nimmt einen tiefen Zug an ihrer Zigarette. Mein Herz rast wieder und ich halte den Atem an. Sie nähert sich langsam, und ich öffne meine Lippen mit dem unverständlichen Wunsch, dass diese Frau den Rauch in meinen Mund bläst, damit ich die Berührung ihrer Lippen auf den meinen spüren kann.

Endlich ist es soweit, und ihre Wärme jagt ein Kribbeln durch meinen Körper. Ailén verschließt meinen Mund mit ihrem und bläst einen Teil des Rauchs in meinen, dann löst sie sich von mir und beginnt, ohne ihren hellen Blick von meinen Augen zu nehmen, den restlichen Rauch auszublasen, und ich mache es ihr nach, indem ich meinen ausstoße.

„Interessant", sage ich, um das Schweigen zu brechen.

„Ich weiß, stell dir vor, wie viele Dinge ich dir noch beibringen kann", blufft sie, bevor sie ihre Zigarette fallen lässt und auf dem Boden austritt.

In diesem Moment spüre ich eine gewisse Enttäuschung, denn wenn sie keinen Rauch hat, kann sie nicht wiederholen, was sie vorher getan hat, und jetzt habe ich das unerträgliche Bedürfnis, ihre Lippen wieder zu spüren.

„Willst du tanzen?", fragt sie, bevor ich weiter nachdenken kann.

Ich werfe meine Zigarette weg und stampfe eifrig darauf herum. Ich habe plötzlich das Gefühl, dass ich für den Rest meiner Tage genug geraucht habe, und die Idee, zu tanzen und den Alkohol zu verbrennen, den ich zu mir genommen habe, scheint ein guter Weg zu sein, die Albernheit loszuwerden, die ich mit ihr zu haben scheine.

Der Mensch sollte eine Gebrauchsanweisung haben, die ihm klar macht, dass es Dinge gibt, die wir nicht kontrollieren können, egal wie sehr wir uns bemühen, und dass wir uns selbst etwas vormachen, egal wie sehr wir dem Alkohol die Schuld für bestimmte Empfindungen oder Verhaltensweisen geben wollen. Denn es gibt Dinge, die einfach in einem bestimmten Moment passieren und deine ganze Welt erschüttern, ohne dass du es merkst, und Ailén wird eines dieser Dinge sein. Das Problem ist nur, dass ich es zu spät merken werde.

Kapitel 5

Als wir eintreten, kommen wir an einer Bar vorbei, an der gerade ein Tablett mit Tequila-Shots serviert wird, und Ailén bleibt stehen, so dass mein Körper mit ihrem zusammenstößt.

Sie dreht sich sofort um und lächelt, als sie mich so nah sieht.

„Verweigere mir nicht einen davon", bittet sie mit glühenden Wangen.

Jetzt, wo es hell ist, leuchten ihre Augen so hell wie ihr gewelltes braunes Haar, und mit dem Vorteil und der Ausrede, ein wenig betrunken zu sein, erlaube ich mir, uhr einen frechen Blick zuzuwerfen. Ich kann es ganz einfach zusammenfassen: Sie ist groß, sie ist hübsch und sie hat ein paar Extrakilos auf der Waage, was sie in meinen Augen viel interessanter macht. Ich gehöre zu denen, die lieber zu viel als zu wenig haben, und obwohl ich noch nie eine Frau bemerkt habe, muss ich zugeben, dass Ailén mich sehr anmacht.

„Wenn du damit fertig bist, mich anzuschauen, trinken wir den Schnaps", sagt sie, ohne sich zurückzuhalten.

Ich spüre, wie mir das Blut in die Wangen schießt und sie kurz vor dem Explodieren sind. Ailén lächelt wieder und zwinkert mir zu, und als sich ihr Augenlid schließt, fängt mein Herz an zu flattern. Sie reicht mir einen Schnaps, und der Kellner streut Salz auf unsere Hände, dann reicht er uns die berühmte Zitronenscheibe.

„Auf uns", sagt Ailén.

Unsere Blicke treffen sich wieder, und sie leckt langsam das Salz von ihrer Daumenkuppe ab, während ich es ihr nachmache, dann beißen wir in die Zitrone und trinken den Shot. Ich schnaube und schnappe nach Luft, sie leckt über ihre Lippen und nach einem zustimmenden Nicken ergreift sie meine Hand und zieht mich in die Mitte der Tanzfläche.

Ich lasse mich von ihr leiten und gebe mich ihr völlig hin. Ailén macht mit meinem Körper, was sie will, aber immer mit Stil und ohne dass wir beide aufhören zu lachen. Wir tanzen getrennt und auch zusammen, und bei anderen Gelegenheiten, wenn das Lied es erfordert, tanzen wir mit anderen oder wechseln die Partner.

„Ich glaube, ich mag es nicht, wenn du nicht bei mir bist", sagt sie, nachdem sie mich aus den Armen meiner Tante gezogen und mich unter ihren Arm gezwirbelt hat, bevor sie mich an ihren Körper zieht.

„Dann lass nicht los", schlage ich erregt vor.

Jetzt spielen sie ein langsames Lied, das uns komplett unterbricht. Die Lichter werden schwächer und die Tanzfläche ist zu dunkel. Ailén sieht mich an und weiß nicht, was sie tun soll. Sollen wir uns hinsetzen oder weiter zu etwas tanzen, das für alle Paare gedacht ist? Keiner von ihnen scheint zu antworten, bis ein Pärchen, das wie Zecken aneinander klebt, in der Bewegung gegen mich stößt und ich unverhofft in Ailéns Armen lande.

„Ich mag es, wie du riechst", gesteht sie, während sie ihren Kopf in meine Halsbeuge legt.

Ich schnaube und lächle dann.

„Ich habe den Eindruck, dass wir ein wenig betrunken sind."

Ich sage das mit Überzeugung, weil es die einzige Erklärung ist, die ich mir für ihr Verhalten vorstellen kann.

„Du magst Recht haben, aber ich mag trotzdem deinen Geruch."

Das ist nicht hilfreich. Ich bin kurz davor, ihr zu sagen, dass sie mich in meinem Zimmer auf eine viel intimere Art und Weise riechen kann, aber zum Glück muss ich in einer versteckten Ecke meines Inneren noch ein bisschen Verstand haben, und ich schaffe es, meine große Klappe zu halten. Leider weiß ich nur zu gut, wie es ist, eine Entscheidung zu treffen, die man nicht bei klarem Verstand getroffen hat, und wie es ist, sie am nächsten Tag zu bereuen, wenn der Verstand wieder klar wird und man merkt, dass jemand im eigenen Bett liegt, der nicht dort sein sollte.

„Ich wollte nicht, dass du dich unwohl fühlst", sagt sie und zieht sich ein wenig zurück.

Sie zieht sich nur ein wenig zurück, weil ich sie viel schneller stoppe, als ich es mir hätte vorstellen können.

„Du hast mich nicht in Verlegenheit gebracht, ich habe nur nachgedacht."

„Worüber?"

„Nichts Wichtiges."

Das Lied endet und rettet mich vor einem Gespräch, das alle Voraussetzungen dafür hatte, dass ich es vermasseln und wieder ersticken würde. Das Licht wird wieder etwas lauter und der neue Song ist so peppig, dass wir am Ende wie verrückt mit allen auf der Tanzfläche herumspringen.

Die Person, die die Musik spielt, tut so, als würde sie mich in den Wahnsinn treiben, und nach einem Tanz, der mich fast atemlos macht, legt sie wieder ein langsames Lied auf.

„Darf ich um diesen Tanz bitten?" Ich drehe mich erschrocken zu der Quelle der Stimme um und sehe denselben hochnäsigen Arsch von meinem Tisch vor mit, der mich gefragt hat, wie lange ich meine Cousine schon kenne.

Ich wende mich hilfesuchend an Ailén, aber sie unterdrückt ihr Lachen mit aller Bosheit der Welt.

„Es ist nicht nett, jemanden warten zu lassen", sagt der fremde Kerl hinter mir.

„Ich werde die Gelegenheit nutzen, um auf die Toilette zu gehen und den Tanz zu genießen", sagt sie.

Ailén verschwindet in Richtung der Toiletten, und mir bleibt nichts anderes übrig, als mit dem Mann zu tanzen, der eine Hand auf meine Taille legt und sich wie ein Stock versteift. Als das Lied endlich zu Ende ist, wende ich mich ab, als wäre ich von der Strömung erfasst worden, und verlasse die Tanzfläche. Ich suche in alle Richtungen nach Ailén, als die Lichter angehen und mich blenden, und der Typ, der die

Musik spielt, verkündet, dass die Party in einer halben Stunde zu Ende ist.

In diesem Moment wird mir klar, dass ich mich auf einer Hochzeit, zu der ich gar nicht wollte, gut amüsiert habe und dass, abgesehen von den seltsamen Leuten am Tisch, alle anderen sehr nett waren. Vor allem Ailén, die ich übrigens hinter den Leuten vorbeigehen sehe, und sie nickt mir zu und deutet auf den Garten. Ich folge ihr, ohne nachzudenken, obwohl ich erschöpft bin, meine Füße höllisch weh tun, mein Kopf dumpf ist und mein Körper vom vielen Tanzen erschöpft ist.

„Ich glaube nicht, dass ich dir eine Zigarette anbieten kann", sage ich ihr, als ich sehe, dass meine Cousine nicht da ist.

„Keine Sorge, ich rauche nicht", antwortet sie und lächelt.

„Ich auch nicht, aber es gibt Zeiten, da werde ich wild."

Ich weiß nicht, warum ich so einen Blödsinn sage, es muss an der mangelnden Durchblutung meines Kopfes oder an der Anhäufung von Alkohol in meinem Blut liegen.

„Wir alle verlieren von Zeit zu Zeit den Verstand", antwortet sie und massiert ihre Arme.

Es wird langsam etwas kühl, was nicht verwunderlich ist, denn es ist fast ein Uhr morgens.

„Dank dir hatte ich eine tolle Zeit", sagt sie, ohne mit der Wimper zu zucken.

„Ich auch, du hast eine Hochzeit, die nichts versprach, in eine der schönsten verwandelt, auf der ich je war."

Ailén geht hinüber und seufzt. Dann senkt sie den Kopf und reibt sich die Augen.

„Geht es dir gut?"

„Ich wollte dich gerade küssen, aber ich denke, es ist besser, es nicht zu tun. Du hast es schon gesagt, wir sind betrunken."

Ich schlucke, und ein paar Sekunden lang antworte ich nicht, weil mein Herz bei dem Gedanken, ihre Lippen wieder ohne den

Geschmack von Rauch zu spüren, wieder rast. Aber Ailén hat recht, das ist alles Wahnsinn, wir sind beide vom Alkohol beeinträchtigt, wir waren allein und haben uns gegenseitig Gesellschaft geleistet. Das ist alles.

„Ich glaube, ein weiterer Kuss wäre ein Fehler", antworte ich mechanisch.

„Ja."

Die Luft wird dick zwischen uns. Ich schaue von einer Seite zur anderen, wir sind jetzt allein, und mein Herz klopft heftiger in einem inneren Kampf der Gefühle, mit dem ich nicht umgehen kann. Ich seufze. Ailén lächelt.

„Wir sollten uns jetzt verabschieden, wir werden morgen einen schweren Kater haben, zumindest ich."

„Natürlich", stimme ich nervös zu.

Ich bin unfähig, mich zu bewegen, also bleibe ich völlig unbeweglich und warte darauf, dass sie entscheidet, wie wir uns verabschieden. Ein paar Küsse auf die Wange? Eine Umarmung?

„Bist du immer so höflich bei allem?", fragt sie ungläubig.

„Nein, bin ich nicht."

Scheiße, und das bin ich wirklich nicht, aber ich weiß nicht, was zum Teufel mit ihr los ist. Ailén kommt zu mir und gibt mir zwei kräftige Küsse auf die Wangen. Das Gefühl ist unerträglich angenehm, aber auch enttäuschend, weil ich glaube, dass ich tief im Inneren etwas anderes erwartet habe.

Das macht mich sehr wütend, nicht auf sie, sondern auf mich selbst, weil ich mich nicht traue, das einzufordern, was ich brauche, auch wenn ich weiß, dass ich es morgen bereuen werde.

„Es war mir ein Vergnügen, Vega."

„Gleichfalls, Ailén", antworte ich wie ein Roboter.

Ailén geht auf die Tür zum Wohnzimmer zu, und ich bleibe stehen und schaue ihr zu. Ich schlucke und versuche, meinen Mut zusammenzunehmen, aber mein Körper reagiert nicht, und sie dreht sich plötzlich stirnrunzelnd um und geht ihre Schritte zurück.

„Du solltest entschlossener sein", schimpft sie mich ausweichend.

Sie drückt meinen Körper gegen die Wand, ohne mir Zeit zu geben, zu reagieren. Eines ihrer Beine schiebt sich zwischen meins, und sie drückt sich gegen mein Geschlecht. Das Gefühl ist so intensiv und aufregend, dass meine Sicht verschwimmt und ich nicht mehr denken kann, sondern nur noch spüre, wie sich ihre Lippen in einem verzweifelten Kuss auf meine pressen, den ich sofort erwidere. Ihre Hände liegen in meinem Nacken und jagen mir einen Schauer über den Rücken, während ich mich an ihre Taille klammere wie an einen Rettungsring.

Ein Schmatzen unserer Lippen beendet den Kuss. Ailén lehnt ihre Stirn an meine, während sie zu Atem kommt. Ich versuche, meinen Verstand wiederzuerlangen und meine Beine zu bewegen, als die Gartenbeleuchtung angeht.

„Es ist besser zu sündigen als zu bereuen", sagt Ailén und tritt mit einem zufriedenen Lächeln zurück.

Mein Problem ist, dass ich nicht weiß, ob ich das jemals bereuen werde. Ich glaube, es hat mir mehr gefallen, als ich sollte, aber ich sage mir sofort, dass das, was ich empfunden habe, die Schuld einer Ansammlung von Faktoren ist, die im ungünstigsten Moment zusammenkamen: Alkohol, die Morbidität, noch nie die Lippen einer Frau gekostet zu haben, das Mondlicht und ihr teuflisches Lächeln, das mich hypnotisiert hat.

Es ist klar, dass es das ist und dass es das Richtige ist, wenn wir uns jetzt trennen. Ich habe genug Erfahrung, um zu wissen, dass das, was mir jetzt großartig und sehr notwendig erscheint, morgen, wenn ich aufwache, wie ein Wahnsinn erscheinen kann, den ich hätte vermeiden sollen.

Wir sagen nichts mehr, Ailén lächelt mich an und winkt zum Abschied, bevor sie wieder ins Hotel geht. Ich lächle zurück und brauche ein paar Minuten, um ins Haus zu kommen, weil es mich furchtbar erschüttert, dass sie wirklich weg ist. Ailén ist nur ein nettes Andenken an eine Hochzeit geworden, die zu langweilig zu werden versprach.

Kapitel 6

Als ich aufwache, muss ich ein paar Sekunden nachdenken, bevor ich weiß, wo ich bin. Ich schalte das Licht an und keuche mehrmals vor Ekel, mein Mund ist breiig und ich habe pochende, lästige Kopfschmerzen. Ich sage mir, dass ich nie wieder in meinem Leben trinken werde. Als ich an die Hochzeit denke, ist das erste Bild, das mir in den Sinn kommt, sie. Die Frau, die ich im Garten getroffen habe und an deren Namen ich mich jetzt nicht mehr genau erinnern kann, Arlen?

Ich gehe zum Fenster, ziehe die Jalousie hoch und öffne den Fensterflügel, um frische Luft zu schnappen. Es ist fast elf Uhr morgens und ich muss das Zimmer vor zwölf verlassen. Ich nehme die Tasche, die ich auf Drängen meiner Mutter mit Kleidung zum Wechseln und meinen Toilettenartikeln gepackt habe. Als ich alles habe, schließe ich mich im Badezimmer ein, während ich zu dem Schluss komme, dass ich dringend einen guten Kaffee brauche.

Ich steige unter die Dusche, drehe das Wasser auf lauwarm und stehe ganz still, um den Kopf ein wenig frei zu bekommen. Und dann kommt sie mit einer weiteren Explosion zurück und mein Herz explodiert in meiner Brust. Der Austausch von Zigarettenrauch über einen Kuss. Nichts finde ich ekliger als das, und doch wollte ich es gestern unbedingt tun. Selbst jetzt wäre ich mehr als bereit. Ich versuche, nicht mehr an sie zu denken, sondern konzentriere mich auf die dringende Aufgabe, Kaffee mit einem Schmerzmittel zu trinken, putze mir die Zähne, bürste mir die Haare, ziehe mich an und verlasse das Zimmer, um direkt in die Hotelcafeteria zu gehen.

„Einen doppelten Kaffee, bitte", sage ich zum Kellner und setze mich an die Theke.

Ich kann nicht anders als hin und her zu schauen. Zuerst weiß ich nicht, was ich genau suche, vielleicht jemanden aus meiner Familie, aber das stimmt nicht und ich sollte mir nicht so einen Unsinn vormachen. Ich suche sie. Und während ich meinen Kaffee trinke, erinnere ich mich an alles. Wir im Garten, plaudernd und an ein paar Zigarren von meinen Cousin paffend, wir einen Schnaps trinkend, während wir uns ansehen, wie ich noch nie zuvor angesehen wurde, wir auf der Tanzfläche, die verrückt spielt, ihr Gesicht in meinem Nacken vergraben, während wir zu einem langsamen Lied tanzen, und wir wieder im Garten. Küsse.

„Mein Gott", sage ich im Flüsterton, nur zu mir.

Mein Herz klopft und ich habe ein sehr seltsames, unbehagliches Gefühl.

„Es ist der Kater", sage ich laut.

„Verzeihung, haben Sie schon etwas bestellt?", fragt der Kellner, der mich wohl für verrückt hält.

„Ja. Geben Sie mir bitte die Rechnung."

Völlig verwirrt steige ich ins Auto, setze meine Sonnenbrille auf und fahre nach Hause. Ich sollte heute nicht an sie denken. Es war die richtige Entscheidung, unsere Dummheit nicht über einen Kuss hinausgehen zu lassen, dass ich dadurch heute aufwachen würde, ohne das Gefühl zu haben, dass ich etwas Verrücktes getan habe. Aber mir ist das nicht so klar. Vielleicht liegt es daran, dass ich einen schweren Kater habe und mein Gehirn noch nicht so funktioniert, wie es sollte.

Ein Anruf meiner Mutter unterbricht meine Gedanken und ich drücke den Knopf, der sie über die Autolautsprecher sprechen lässt.

„Hallo, Mama", begrüße ich sie mit kratziger Stimme.

„Hallo, Tochter, wie war die Hochzeit?"

„Es war nicht so schlimm, wie ich dachte."

„Siehst du? Ich wusste es. Hast du dort übernachtet?"

„Ja, ich bin jetzt auf dem Rückweg."

„Dann komm zum Mittagessen mit deinem Vater und mir nach Hause und erzähl uns die Einzelheiten."

Ich bin kurz davor, nein zu sagen, aber ich überlege es mir anders. Die Idee ist gar nicht so schlecht, denn mit meinem Kater bin ich nicht sicher, ob ich mir eine Mahlzeit zubereiten kann. Ich sollte lieber mit ihnen essen und dann nach Hause gehen und den ganzen Nachmittag auf dem Sofa sterben.

Nachdem ich ihr einen eher knappen Bericht über die Hochzeit meiner Cousine Ana gegeben habe, ist meine Mutter zufrieden und hört auf, Fragen zu stellen. Zum Glück hat die Schmerztablette ihre Wirkung getan und die Kopfschmerzen sind verschwunden, um nur der üblichen Dumpfheit und dem Heimweh Platz zu machen. Ich verspüre das zwanghafte Bedürfnis, meine Mutter nach der unbekannten Frau zu fragen, da ich mich nicht an ihren Namen erinnern kann. Er war selten, und jetzt fällt mir nur noch Alien ein, wie dieses eklige Wesen, das aus den Eingeweiden der Passagiere des Raumschiffes kam. Das hat nichts mit der spektakulären Frau in meinem Kopf zu tun.

„Ich habe dort eine Frau getroffen, ich glaube, sie war mit Anas Mann verwandt. Sie war sehr nett, und wenn sie nicht gewesen wäre, wäre ich sicher bald nach dem Essen gegangen."

„Wie schön, mein Kind."

„Ihr Name war Arlen oder so ähnlich, ich kann mich nicht mehr erinnern. Sagt dir das etwas?", frage ich hoffnungsvoll.

„Wie denn, Vega? Ich kenne die Familie des Ehemanns von Ana nicht."

Ich bin ein Vollidiot. Ich hätte von selbst darauf kommen müssen, aber plötzlich ist es, als ob es zur Besessenheit wird, etwas über sie zu wissen. Offensichtlich muss ich schlafen und den Kater abklingen lassen.

Den Sonntagnachmittag verbringe ich zu Hause auf dem Sofa und schlafe vor dem Fernseher. Ich befinde mich in einem tranceartigen

Zustand und stehe nur auf, um zu Abend zu essen und ins Bett zu gehen.

Am Montag wache ich frisch und munter auf. Der Kater ist völlig verschwunden, aber das Mädchen nicht. Sie ist immer noch da, quält mich in meinen Gedanken und bringt mich dazu, mich zu fragen, warum ich so dumm war, nicht nach ihrer Telefonnummer zu fragen. Ich habe mich nicht getraut, weitere Schritte mit ihr zu unternehmen, weil ich befürchtete, dass das alles auf den Alkohol zurückzuführen war, der durch meine Adern floss und einen Teil meiner Handlungen und Impulse beherrschte, aber jetzt stecken die Zweifel in mir wie ein Dorn, der eine offene Wunde hinterlassen hat, und ich kann nicht aufhören, mich zu fragen, was jetzt passieren würde. Wenn ich sie wieder sehe, wenn sie ruhig ist, werde ich dann das gleiche irrationale Verlangen verspüren, mich auf ihre Lippen zu stürzen, oder wird es mir gleichgültig sein? Der Zweifel nagt an mir wie ein Holzwurm und ich verstehe nichts, so etwas ist mir noch nie mit jemandem passiert. Ich verstehe nicht, wenn wir nur ein paar Stunden zusammen waren, wie konnte ich in so kurzer Zeit eine solche Abhängigkeit entwickeln? Und was mich am meisten beunruhigt: Fühlt sie sich genauso überwältigt wie ich? Der Gedanke lässt mir einen Schauer über den Rücken laufen. Was wäre, wenn ich nur etwas Spaß für sie wäre? Sie schien eine sehr entschlossene Frau zu sein. Vielleicht war ich nur eine Ablenkung, vielleicht war sie genauso einsam wie ich, und als sie mich traf und sah, dass wir eine Verbindung hatten, beschloss sie, dass es besser war, die Nacht mit einer Fremden zu verbringen, als allein zu bleiben.

Ich kann nicht weiter darüber nachdenken, sonst werde ich noch völlig verrückt. Ich nehme meine Sachen und beschließe, den ganzen Tag an den Strand zu gehen. Am Nachmittag kommt Susana zurück und wir essen zusammen zu Abend. Sie wird mir erzählen, wie ihr Wochenende war, und ich werde ihr von meinem erzählen. Oh, mein Gott, wie soll ich ihr nur von ihr erzählen?

Kapitel 7

Ich war noch nie so erleichtert wie jetzt, als ich Susana durch die Tür der Bar kommen sah, in der wir uns treffen. Ich stehe auf und umarme sie so fest, dass sie mich seltsam ansieht.

„Es ist ja nicht so, dass wir uns seit einem Jahr nicht mehr gesehen haben", lacht sie.

„Nun, wie war dein Wochenende?"

„Nun, da gibt es nicht viel zu erzählen. Es war sehr ruhig, obwohl es ein paar Leute gab, die über die Stränge geschlagen haben."

„Wow."

Ich weiß nicht, was ich noch sagen soll. Ich halte mich nicht für einen extrem gesprächigen Menschen, aber ich glaube, es wäre für mich unmöglich, ein Wochenende lang von Menschen umgeben zu sein, ohne auch nur einen einzigen Satz mit einem von ihnen wechseln zu können. Susana erklärt mir, wie der Ort war und wie gut es sich anfühlt, zurück zu sein.

„Du könntest mich begleiten, wenn ich das nächste Mal wiederkomme."

Hat sie wirklich die Absicht, zurückzugehen? Ich verstehe immer noch nicht, warum sie sich an diesen Orten so wohlfühlt, aber ich respektiere sie. Jeder hat seine eigenen Hobbys oder braucht bestimmte Aktivitäten, um sich vollständig zu fühlen, und diese spirituellen Event sind es, die meine Freundin erfüllen.

„Nein danke. Selbst wenn ich nur mit einer Pflanze spreche, muss ich mindestens einmal am Tag meine Stimme hören."

Susana lächelt und lässt den Olivenkern, den sie gerade gegessen hat, auf ihrem Teller liegen.

„Dein Verlust. Wie war die unerträgliche Hochzeit? Ich hoffe, du hast viel getrunken."

Die Hochzeit. Warum hat dieses Thema gerade meinen Puls beschleunigt?

„Ich habe viel getrunken", antworte ich schläfrig.

„Das ist alles? Das ist alles, was du mir sagen willst?", fragt sie mit einem Augenrollen.

„Nein, eigentlich nicht. Es gibt etwas, das ich dir sagen muss, denn ich werde verrückt."

Susanas Mund öffnet sich wie der eines Fisches und sie starrt mich an, als würde sie auf die Nachricht des Jahrhunderts warten.

„Schau mich nicht so an, du machst mich nervös."

„Was ist los? Hast du den Mann deines Lebens getroffen?", fragt sie fröhlich. "Ja, wie man so schön sagt, aus einer Hochzeit wird eine weitere Hochzeit."

Susana lacht und reibt ihre Hände aneinander, aber als sie sieht, dass mein Kiefer angespannt ist, wird sie plötzlich ernst.

„Sag schon."

„Ich habe eine Frau getroffen."

Susana sieht mich ausdruckslos an und meint, es sei normal, dass ich eine Frau treffe, wenn ich auf einer Hochzeit voller Menschen bin. Ich beschließe, ihren dummen Gesichtsausdruck zu ignorieren und ihr keine Gelegenheit zu geben, eine absurde Vermutung zu äußern oder eine Frage zu stellen, die nichts mit dem zu tun hat, was in mir brennt. Vielleicht muss ich ihr dadurch, dass ich ihr davon erzähle, sagen, dass es für mich normal ist, so zu fühlen, auch wenn ich eine Frau bin. Dass so etwas jedem von uns irgendwann im Leben passiert. Das nennt man Neugierde auf das Unbekannte.

„Ich habe sie im Garten getroffen, ich glaube, sie hat mir gesagt, sie sei Teil der Familie des Bräutigams, aber sie war ziemlich betrunken und vielleicht ist sie verwirrt. Ich erinnere mich nicht einmal an ihren Namen", erkläre ich absurderweise.

„Und was ist mit dieser Frau? Ich verstehe nicht, was du mir sagen willst, Vega."

„Ich weiß es auch nicht, Susana, aber ich weiß, dass sie mir nicht aus dem Kopf geht."

„Du bekommst sie nicht aus dem Kopf? Ich verstehe immer noch nichts", sagt sie und lehnt sich mit einer faszinierten Geste in ihrem Stuhl zurück.

„Ich glaube, sie gefällt mir, Susana."

Ihre Augenbrauen haben sich gerade gehoben und sie schluckt, während sie mich anstarrt. Das macht mich nervös, sie sieht aus, als hätte ich einen Sprung in der Schüssel.

„Nun, ich weiß nicht, ob ich sie mag", beginne ich zu erklären und werde immer nervöser, "ich weiß nur, dass wir von dem Moment an, als wir uns trafen, bis zum Ende der Party zusammen waren und dass ich eine tolle Zeit mit ihr hatte."

„Nur weil du dich mit einer Fremden amüsiert hast, heißt das noch lange nicht, dass du sie magst", erklärt sie konzentriert. "Ich habe Nächte mit völlig Fremden verbracht, und sie sind genau das: Menschen, die du in einem bestimmten Moment triffst und mit denen du eine Erfahrung teilst, die normalerweise durch die Wirkung von Alkohol verstärkt wird."

Ihre Erklärung sollte mir genügen, ich denke, sie ist recht vernünftig. Aber das hilft mir nicht weiter.

„Wir haben rumgemacht", schüttle ich den Kopf, um zu sehen, ob sie es versteht.

Susana verstummt und ihr Mund öffnet sich wieder wie der einer Meerbrasse.

„Ah", sagt sie nach ein paar langen Sekunden des Schweigens.

Mein Herz springt mir gleich aus dem Mund. Warum zum Teufel habe ich ihn nicht nach ihrer Telefonnummer gefragt? Jeder, der bei Verstand ist, hätte das getan. Wir hatten ein paar Stunden zusammen verbracht und uns gut verstanden, und selbst wenn es nur darum ging, sich als Freunde auf einen Kaffee zu treffen, hätten wir Nummern austauschen sollen. Aber sie hat mich auch nicht nach meiner gefragt.

War es, weil ich sie enttäuscht habe, weil ich nicht derjenige war, der den Schritt gemacht hat, sie zu küssen?

„Ich weiß nicht, wie ich es definieren soll, Susana. Du hast es mit vielen Männern getrieben, das ist wohl dasselbe."

„Es ist nicht dasselbe. Wenn ich mit einem Kerl rummache, ficke ich ihn am Ende. Hast du sie gefickt?"

Oh mein Gott, ich ersticke. Ich nehme mein Getränk und trinke es fast in einem Zug aus, weil mein Mund gerade trocken geworden ist.

„Hast du sie gefickt?", fragt sie mit großen Augen.

„Ich habe sie nicht gefickt, und sprich leise. Wir tanzten eng beieinander, unterhielten uns ein wenig, tauschten sogar eine Rauchwolke aus."

„Seit wann rauchst du denn?", fragt sie erstaunt.

„Ich rauche nicht, du Idiotin, und das ist auch nicht der Punkt."

„Was ist er dann?", fragt sie verzweifelt.

„Wir haben uns geküsst", sage ich schließlich, "bevor wir uns verabschiedeten, haben wir uns geküsst."

„Auf dem Mund?", fragt sie dümmlich.

„Ja, klar, wo sollen wir uns küssen? Auf die Stirn?"

„Mit Zunge?"

Verdammt, die Erinnerung an diese Zunge, die über meinen Mund fährt, löst einen Ruck zwischen meinen Beinen aus, der mich lähmt.

„Ja, mit Zunge", antworte ich heiser.

„Oh, das ist stark", lacht sie ungläubig.

„Warum?"

„Nun, ich habe schon Dummheiten gemacht, wenn ich betrunken war, aber nicht, eine Frau zu küssen. Nicht, dass ich mich erinnern könnte", gibt sie nachdenklich zu.

„Du hältst das für Blödsinn, Susana", sage ich wütend, "und das war es nicht, diese Frau hat mich mehr beeinflusst, als ich zugeben möchte. Ich musste mich zurückhalten, etwas Verrücktes zu tun, was ich am nächsten Tag bereuen würde, und jetzt bereue ich, es nicht getan zu haben."

„Okay", zögert sie und beruhigt sich, als sie sieht, dass es mich wirklich betrifft.

„Wenn sie mich um etwas gebeten hätte, hätte ich sicher nicht die Kraft gehabt, nein zu sagen", füge ich hinzu, damit sie keine Zweifel daran hat, was ich sage.

„Es ist klar, dass das Mädchen dich beeindruckt hat. Natürlich bist du eine Idiotin."

„Wie bitte?"

„Du hast eine Person vor dir, die dich innerlich aufweckt, und du ziehst dich zurück, nur für den Fall, dass du es bereust. Wir sind nicht alt genug für so etwas, Vega. Mit fast vierzig kann man es sich nicht leisten zu zögern."

„Was, wenn es ich es danach bereut hätte?"

„Dann hättest du ein Mädchen gefickt und hättest einen Grad mehr an Erfahrung gehabt."

„Du hilfst mir nicht", schnaube ich wütend.

„Das ist in Ordnung. Wenn du sie so sehr magst, warum rufst du sie nicht an?"

„Weil ich ihre Nummer nicht habe."

„Warum nicht?", fragt sie, ohne zu verstehen, warum ich sie nicht habe.

„Weil ich sie nicht gefragt habe, Susana, und sie hat mich nicht gefragt."

„Nun, ich verstehe das nicht. Wenn du sie so sehr mochtest und eine so gute Zeit mit ihr hattest, wäre es doch logisch gewesen, sie zu fragen, ob wir uns an einem anderen Tag treffen und unter normalen Umständen einen Kaffee trinken gehen."

Es ist leicht für sie, all das zu sagen. Ihr Verstand ist völlig klar, meiner war vom Alkohol und von der Verwirrung durch die unerwartete Situation getrübt.

„Wie auch immer, woher kommt sie?", fragt sie und stützt sich mit den Ellbogen auf den Tisch.

„Ich weiß es nicht."

„Sie wissen nicht, woher sie kommt?" Sie ist wieder überrascht.

„Nein, ich weiß es verdammt noch mal nicht."

„Großer Gott, Vega, es gibt eine Reihe von Fragen, die grundlegend sind, wenn man jemanden kennenlernt", schimpft sie und zieht eine Augenbraue hoch.

Sie hat Recht, das kann ich nicht leugnen, aber ich hatte auch nicht erwartet, dass mein Gespräch mit ihr über eine höfliche Begrüßung hinausgehen würde.

„In Ordnung", nickt sie und akzeptiert meine Unbeholfenheit, "erzähl mir, was du über sie weißt, und wir werden es schneller hinter uns bringen."

„Ich weiß nichts, ich sagte doch, dass ich mich nicht einmal an ihren Namen erinnern kann."

„Alles klar, akzeptieren wir, dass du dumm bist", sagt sie, "jetzt ist die wichtige Frage: Willst du sie finden?"

Gute Frage, will ich das? Die Antwort schießt mir so schnell in den Kopf, dass ich überrascht bin. Natürlich weiß ich das.

„Das würde ich sehr gerne tun", antworte ich sofort.

„In Ordnung. Dann müssen wir uns einen Plan ausdenken. Du sagst, sie könnte aus der Familie des Bräutigams stammen, aber ist es möglich, dass sie aus deiner Familie stammt? Ich meine, so wenig du mit dem Teil deiner Familie auf der Hochzeit zu tun hast, wäre es doch nicht abwegig, dass sie aus deiner direkten Familie stammen würde."

„Ich weiß es nicht, Susana. Vielleicht. Ich fragte meine Mutter, ob sie ihn kenne, und sie sagte, sie wisse nicht, wer sie sei."

„Alles in Ordnung, keine Panik. Wenn du bereit bist, sie zu finden, wird es nicht allzu schwierig sein, frag einfach deine Cousine", beschließt sie als offensichtliche Binsenweisheit.

„Das möchte ich lieber nicht, Susana. Ich habe kaum etwas mit meiner Cousine zu tun, und obwohl ich sicher bin, dass sie bereit wäre, mir zu helfen, möchte ich mich ihr gegenüber nicht erklären müssen. Gibt es denn keine andere Alternative?"

Die Vorstellung, meine Cousine Ana anzurufen, um sie nach einer Frau zu fragen, motiviert mich nicht besonders. Ich müsste mich ihr gegenüber erklären, und darauf habe ich überhaupt keine Lust.

„Das Einzige, was mir einfällt, sind die sozialen Medien. Ich nehme an, deine Cousine oder jemand, der ihr nahe steht, hat die Hochzeitsfotos hochgeladen."

„Natürlich, ich Dummerchen", rufe ich aufgeregt.

Ich nehme mein Handy heraus und öffne Facebook, ich habe keinen Kontakt zu meiner Familie, aber ich habe meine Cousins als Freunde. Susana erhebt sich von ihrem Platz vor mir und setzt sich auf einen anderen Stuhl direkt neben mich. Ich suche nach meiner Cousine Ana, obwohl die einzige Aktivität auf ihrem Profil von den Leuten ausgeht, die sie auf der Hochzeit markiert haben. Es gibt jedoch mehrere Fotos, und zu meinem Entsetzen kann ich die Frau, die ich am Ende geküsst habe, auf keinem davon finden.

„Lass uns bei meinen anderen Cousins nachschauen", flüstere ich verzweifelt.

In ihren Profilen gibt es noch mehr Bilder von der Veranstaltung, eines davon zeigt sogar mich, aber meine fast unbekannte Liebhaberin ist wieder nirgends zu finden. Wir suchen die Freunde meiner Cousins und Cousinen, die sie markiert haben, und gehen ein Foto nach dem anderen durch, bis ich schließlich enttäuscht mein Handy auf den Tisch lege.

„Wie kommt es, dass sie auf keinem der Fotos zu sehen ist?", frage ich verzweifelt.

„Vielleicht gehört sie zur Familie des Bräutigams, oder vielleicht nicht einmal das, nur einer dieser Freunde, die man aus Verpflichtung einladen muss."

„Mist", beschwere ich mich verärgert.

„Es gibt keinen anderen Weg, Vega, wenn du sie finden willst, musst du mit deiner Cousine reden."

„Das ist ein bisschen schwierig. Sie sind gestern auf eine Hochzeitsreise nach Taiwan gegangen."

„Entweder du wartest, dass sie zurückkommen, oder es bleibt dir nichts anderes übrig, als es bei deiner Tante zu versuchen."

„Ich kann nicht zwei Wochen warten. Außerdem habe ich Urlaub, wenn es einen günstigen Moment gibt, sie zu suchen, dann jetzt, wo ich viel Zeit habe."

„Na gut. Morgen gehen wir zu deiner Tante, wenn ich von der Arbeit komme", entscheidet sie für uns beide.

„Kommst du mit mir?", frage ich dankbar.

Wenigstens kann ich auf moralische Unterstützung zählen. Das könnte eine Katastrophe werden. Ich wollte meiner Cousine nichts sagen, und am Ende werde ich meine Tante fragen müssen, was noch schlimmer sein könnte.

„Natürlich. Das ist das Aufregendste, was mir seit Monaten passiert ist, und ich werde es um nichts in der Welt verpassen."

„Ich hasse dich."

Kapitel 8

Ich kann immer noch nicht glauben, dass ich das tun werde, aber Susana und ich sind schon da, vor der Tür des Hauses meiner Tante und meines Onkels, nachdem ich sie von der Arbeit abgeholt habe.

„Das wird peinlich", sage ich nervös und steige aus dem Auto.

„Warum? Du hast selbst tausendmal gesagt, dass du praktisch keinen Kontakt zu diesem Teil deiner Familie hast. Du musst nur so viele Informationen wie möglich bekommen und dann werden wir gehen und du wirst sie nie wieder sehen."

Bei diesem Gedanken fühle ich mich ein bisschen schlecht. Sie haben mich bei der Hochzeit alle so gut behandelt, und ich finde es sehr traurig, dass wir relativ nah beieinander wohnen und so viel Abstand zwischen uns besteht. Wir gehen zur Haustür und ich balle meine Fäuste, um das Zittern in meinen Händen zu verbergen. Es ist Susana, die auf den Klingelknopf drückt, ohne mir Zeit zu geben, den Wahnsinn, den ich im Begriff bin zu begehen, zu verarbeiten und mich zu beruhigen.

„Ich komme schon", hört man die Stimme meiner Tante von drinnen.

Als sie die Tür öffnet, blinzelt sie mehrmals, als ob sie mich für eine Fata Morgana hält.

„Vega, Schatz, was für eine Überraschung."

Sie scheint es wirklich ehrlich zu meinen. Ihr Lächeln ist breiter geworden, und das beruhigt mich ein wenig. Dann wirft sie einen Blick auf Susana und versucht in ihrem siebzigjährigen Kopf herauszufinden, ob sie sie überhaupt kennt. sie runzelt die Stirn und grüßt sie höflich, ohne auf Einzelheiten einzugehen. Dann streckt sie ihre Arme in meine Richtung aus, und ich werfe mich ihr entgegen, um sie zu umarmen, was mir wiederum ein gutes Gefühl gibt. Ich sollte ernsthaft in

Erwägung ziehen, einen engeren Kontakt zu diesem Teil meiner Familie zu suchen.

„Das ist Susana, eine Freundin von mir", sage ich, um sie vorzustellen.

„Es ist mir ein Vergnügen, Ma'am, Ihre Nichte hat mir viel von Ihnen erzählt."

Susana trägt ganz schön dick auf, und ich glaube, sogar meine Tante ist zu diesem Schluss gekommen, denn sie sieht sie mit einem Pokerface an, als sie ihr die Hand schüttelt.

„Das Vergnügen ist ganz meinerseits. Kommt rein, kommt rein", sagt sie und tritt zur Seite, "ich kann dir gar nicht sagen, wie sehr ich mich freue, dich zu sehen, Vega. Wie nah wir uns sind und wie wenig wir uns sehen", sagt sie laut, während wir ihr den Korridor entlang folgen.

Es ist Essenszeit, und meine Tante führt uns in die Küche, die so groß ist wie meine halbe Wohnung.

„Scheiße", flüstert Susana neben mir.

Auf Anweisung meiner Tante sitzen wir an einem großen Tisch, an dem in jeder anderen Küche dieser Größe eine Insel stehen würde. Sie holt Kaffee und verschiedene Kekse hervor, die sie vermutlich mit ihren Freundinnen teilt, wenn diese zum Kartenspielen vorbeikommen und über den Klatsch und Tratsch der Nachbarschaft tuscheln.

„Nun, was habe ich diesem angenehmen Besuch zu verdanken?", fragt sie lächelnd, ohne ihren Blick von mir abzuwenden.

„Neulich auf der Hochzeit, auf der ich mich prächtig amüsiert habe, hat mir ein Mädchen, das dort war, ihren Lippenstift geliehen."

Susana schaut mich mit Augen wie Untertassen an, während meine Tante meiner Erklärung aufmerksam folgt, als würde sie versuchen, eine Logik darin zu finden.

„Ich ging auf die Toilette, um ihn aufzutragen, und als ich wieder herauskam, konnte ich sie nicht mehr finden", sage ich frech, "ich weiß, es klingt albern, aber es war ein sehr teurer Lippenstift, und ich möchte ihn ihr zurückgeben und ihr dafür danken, dass sie ihn mir geliehen hat."

„Tja", sagt sie enttäuscht, "und ich dachte, du würdest mich besuchen kommen."

Diese Aussage macht mir ein schlechtes Gewissen.

„Und ich verspreche, dass ich das tun werde. Diese Kälte zwischen uns muss ein Ende haben, ich fühle mich hier so wohl."

Ich bin aufrichtig, so sehr, dass selbst ich überrascht bin. Meine Tante lächelt wieder, und ich frage mich immer mehr, warum sie und meine Mutter kaum noch Kontakt haben. Es stimmt, dass ihre Welten völlig unterschiedlich sind und dass dies manchmal eine Barriere darstellt, aber meine Tante ist entweder eine unglaubliche Schauspielerin oder sie wirkt immer weniger wie die hochmütige, arrogante Frau, als die meine Mutter sie mir oft beschrieben hat und der ich immer geglaubt habe, so dass ich ein vorgefasstes Bild von der Frau vor mir hatte.

„Ich hoffe, es ist wahr. Du weißt nicht, wie glücklich mich deine Besuche machen.

Nun gibt es noch eine weitere Tatsache, die mich überrascht. Normalerweise würde sie sagen, dass sie meine Eltern besucht, aber sie spricht nur von mir. Gibt es etwas, das ich in den fast vierzig Jahren, die ich hier bin, verpasst habe? Manchmal finde ich es erstaunlich, wie wenig Interesse ich immer für diesen Teil meiner Familie gezeigt habe. Wenn ich so darüber nachdenke, scheint das Motiv meiner Mutter zu schwach zu sein, damit zwei Schwestern, die zwei Stunden voneinander entfernt wohnen, sich jahrelang nicht sehen.

„Sag mal, wer war die Frau?", fragt sie neugierig.

„Nun, das ist es ja, ich erinnere mich nicht an ihren Namen. Ich dachte, du kennst sie vielleicht und könntest mir helfen, sie zu finden."

„Oh, Kind, ich wünschte, ich könnte es, aber wenn du mir nicht ein paar mehr Details gibst, wird es schwierig für mich, dir zu helfen."

Ich beschreibe meiner Tante all die Details, an die ich mich über sie erinnere, ohne zu betonen, wie wunderschön ich sie fand.

„Sie kommt mir bekannt vor", sagt sie plötzlich, was mein Herz zum Klopfen bringt, "sie ist die Frau, das mit dir auf der Tanzfläche getanzt hat, nicht wahr? Ich habe euch zwei eine Weile gesehen, ihr saht aus, als hättet ihr eine tolle Zeit.

„Ja, genau, das ist sie. Weißt du, wer sie ist?"

„Es tut mir leid, dass ich dir nicht helfen kann, Vega, aber ich kenne sie nicht."

„Könnte sie nicht zur Familie meines Onkels gehören?"

„Nein, nein, definitiv nicht. Ich kenne die ganze Familie deines Onkels, und dieses Mädchen ist nicht mit ihm verwandt. Sie stammte wahrscheinlich aus der Familie von Anas Ehemann Goyo."

Sein Name ist also Goyo.

„Von ihrer Familie kannte ich nur ihre Eltern und ihre einzige Schwester, und das war nicht sie. Vielleicht war es ein Cousin oder einer ihrer Freunde. Es tut mir leid, dass ich dir nicht mehr sagen kann", sagt sie aufrichtig, "aber wenn du ein paar Wochen wartest, können wir Goyo fragen, wenn sie von ihrer Hochzeitsreise zurück sind. Mir fällt keine andere Möglichkeit ein, sie zu finden, obwohl ich deinen Onkel fragen werde, wenn er vom Golf zurückkommt. Vielleicht weiß er, wer sie ist."

„Keine Sorge, Tante, es geht nur um einen Lippenstift. Ich werde sie in den sozialen Netzwerken unter Anas Freunden suchen und ich bin sicher, dass ich sie finden werde", sage ich ihr, um sie zu beruhigen.

„Trotzdem hätte ich dir gerne mehr geholfen", klagt sie, während Susana erstaunlich ruhig bleibt.

„Du hast mir bereits geholfen, indem du mich mit Essen empfangen hast."

„Wirklich?" Sie lächelt glücklich.

„Natürlich."

Wir verbringen noch etwa eine Stunde im Haus meiner Tante und unterhalten uns über andere Dinge, die nichts mit dem Thema zu tun haben, das mich hierher gebracht hat. Sie interessiert sich für mein Leben, sie will von mir wissen, wie es mir geht oder was meine Arbeit ausmacht. Mit jeder Minute, die ich an ihrer Seite verbringe, habe ich das Gefühl, dass zwischen ihr und meiner Mutter etwas ganz Bestimmtes vorgefallen ist, was der wahre Grund dafür ist, dass sie den Kontakt verloren haben. Ich bin mehrmals versucht, sie zu fragen, aber ich halte mich zurück, weil ich möchte, dass meine Mutter diejenige ist, die ehrlich zu mir ist.

Während meine Tante und ich über meine Arbeit reden, isst Susana Kekse und hört aufmerksam zu, ohne sich in das Gespräch einzumischen. Wenn sie sich weiter so überfrisst, müssen wir direkt in die Notaufnahme, wenn wir gehen.

Wir verabschieden uns von meiner Tante mit dem Versprechen, dass ich sie bald wieder besuchen werde, und steigen ins Auto.

„Ich fand sie sehr nett", sagt Susana.

„Ja", antworte ich nachdenklich.

„Tja, auf diese Weise kommen wir nicht weiter, also müssen wir zu Plan B übergehen."

„Plan B?"

Als ich das Haus verließ, fühlte ich mich, als hätte man einen Eimer kaltes Wasser über mich geschüttet, und mir fällt keine andere Möglichkeit ein, herauszufinden, wer das Mädchen auf der Hochzeit ist, als auf die Rückkehr meiner Cousins zu warten.

„Sicher, wir könnten in das Hotel gehen, in dem die Hochzeit stattfand, und versuchen, mit dem Verantwortlichen zu sprechen. Deine Cousinen mussten ihnen eine Liste mit den Namen der Gäste und deren Sitzplätzen geben, damit sie die Karten vorbereiten konnten.

„Auf diesen Karten standen keine Nachnamen", wende ich ein, obwohl mir ihre Idee gar nicht so schlecht erscheint.

„Aber wenn du ihren Namen siehst, wirst du ihn sicher wiedererkennen, und wenn er so selten ist, wie du sagst, dann glaube ich nicht, dass es in den sozialen Netzwerken viele gibt, die ihn haben."

„Ich weiß nicht, Susana, ich fange an zu glauben, dass das völlig verrückt ist. Ich kannte sie kaum und sie war sehr alkoholisiert. Vielleicht entspricht alles, woran ich mich erinnere, nicht der Realität und die Intensität dessen, was ich fühlte, war nur deshalb, weil sie betrunken war und alles stärker wahrnahm", überlege ich.

„Ich bin nicht in deinem Kopf, um zu wissen, wie du dich fühlst, geschweige denn, dir zu sagen, was du tun sollst. Mir geht es auch so wie Ihnen, in diesem Zustand ist meist alles sehr verwirrend, deshalb kommt am nächsten Tag das Bedauern. Du gehst mit jemandem ins Bett, den du in einem Moment der Geilheit für den Mann deines Lebens hältst, und wenn du aufwachst, findest du eine Person vor, die ganz anders ist als das Bild, das du vor Augen hattest, als du die Entscheidung getroffen hast."

„Ich weiß, vielleicht ist es das Beste, wenn ich es einfach sein lasse. Ich kann meine Pläne nicht für eine Fremde ändern, mit der ich mich ein paar Stunden lang amüsiert habe, selbst wenn sie mir einen Kuss gegeben hat, der mich umgehauen hat."

„Oder dass man denkt, dass er umwerfend war, obwohl er in Wirklichkeit scheiße war", meint sie.

Verdammte Scheiße, das kann nicht sein, wenn ich jedes Mal erschaudere, wenn ich daran denke, und wenn ich nicht antworte, dann nur, weil ich Susana nicht so viele Details verraten will.

„Ich fahre wie geplant für ein paar Tage in den Urlaub und werde ein paar Tage am Strand und ein paar in den Bergen verbringen. Ich muss von allem abschalten und mich entspannen.

„Das ist eine großartige Idee, obwohl ich zugeben muss, dass der Plan, nach deiner Geliebten zu suchen, sehr amüsant und herausfordernd war", gibt sie mit einem verärgerten Gesichtsausdruck zu.

„Sie war nicht meine Geliebte", protestiere ich und starre sie an.

„Nein, denn du hattest genug Verstand, rechtzeitig aufzuhören, sonst wäre es so gewesen."

Hatte ich nicht. Sie schon, denn wenn sie mich gefragt hätte, weiß ich, dass ich nicht hätte ablehnen können und mich ihr ohne zu zögern hingegeben hätte, aber wieder schweige ich.

„Wie auch immer, lass uns zurückfahren. Sobald ich zuhause bin, packe ich meine Tasche und gehe."

„Wohin geht es?", fragt sie, als wir auf dem Weg dorthin sind.

„Ich weiß nicht. Ich fahre, bis ich müde bin und nehme mir dann ein Zimmer in irgendeinem Hotel. Diesmal will ich nichts planen."

Ich seufze resigniert, ich weiß, dass ich das Richtige tue, aber der Gedanke, sie nicht wiederzusehen, um die Chance zu haben, zu überprüfen, ob das, was ich gefühlt habe, echt war oder nicht, ist etwas, das mich immer noch quält. Ich muss jedoch vernünftig sein und mir bewusst machen, dass ich mein Leben nicht wegen etwas so Flüchtigem wie dem, was in dieser Nacht passiert ist, ändern kann. Außerdem könnte sie, falls es auf Gegenseitigkeit beruhte, auch diejenige sein, die nach mir sucht, und bisher hat sich niemand bei mir gemeldet.

„Mach nicht so ein Gesicht, Vega, du tust das Richtige. Genieße deinen Urlaub und lebe das Leben. Ficke, wen du willst, wenn du die Gelegenheit dazu hast, und dann geh deinen Weg."

Ihr Rat ist sehr widersprüchlich: Sie ist zwar der Meinung, dass ich nicht mit dem Mädchen auf der Hochzeit schlafen sollte, aber sie hat nichts dagegen, wenn ich mit jemand anderem schlafe. Manchmal ist meine Freundin Susana wie ein unmögliches Puzzle, das ich zusammensetzen muss.

Kapitel 9

Die Tage vergehen ohne Zwischenfälle, und egal, was ich tue, egal, wie viele Orte ich besuche oder wie viele Menschen ich treffe, sie ist immer noch da. Die namenlose Frau nimmt täglich einen großen Teil meiner Gedanken in Anspruch, und ich würde sogar sagen, es wird immer schlimmer.

Jedes Mal, wenn ich die Augen schließe und mich mit der Klarheit an sie erinnere, die das Bild, das ich von ihr habe, mir geben kann, stürmen Bilder auf mich ein. Ihre leuchtenden Augen beobachteten mich mit dem, was ich jetzt für Hunger halte, als wir dabei waren, den Shot Tequila zu trinken, der mich meiner Meinung nach fertig machte. Ihre Hände an meiner Taille, während wir eng beieinander tanzten, und ihr Gesicht, das sie in meiner Halsbeuge vergrub. Ich spürte, dass wir perfekt zusammenpassten, und ich spüre es immer noch. Und der Kuss, dieser spannungsgeladene Moment im Garten, als sie gerade gehen wollte und mein Herz in meiner Brust wie wild schlug, während mein Körper wie gelähmt blieb und ich mich nicht traute, sie anzuschreien, damit sie aufhört. Und dann kam sie zurück, aus freien Stücken, ich musste sie um nichts bitten, sie tat es, weil sie es wollte, und das ist etwas, worüber ich in den letzten Tagen immer wieder nachdenken muss. Warum hat sie mich geküsst? Sie musste es tun, weil es ihr gefiel. Meiner Meinung nach küsst niemand jemanden, egal wie betrunken sie ist, nur um des Küssens willen, schon gar nicht eine andere Frau. Es musste etwas geben, ein Minimum an Anziehungskraft, egal wie klein, sonst hätte ich es nicht getan.

Ich drücke meinen Nasenrücken zusammen und fahre dann mit den Fingerspitzen an meinen Augenbrauen entlang, um mich zu beruhigen. Ich sitze am Strand und genieße einen spektakulären

Sonnenuntergang, der perfekt wäre, wenn ich nicht etwas vermissen würde: Ich vermisse sie.

Ich hole mein Handy aus der Tasche, und während ich in der Ferne den Sonnenuntergang in einem Farbenspiel beobachte, das mich fasziniert, wähle ich die Nummer von Susana.

„Ich kann so nicht weitermachen", sage ich, als sie mich am anderen Ende der Leitung begrüßt.

„Was meinst du?", fragt sie verständnislos.

Manchmal bewundere ich wirklich die Geduld meiner Freundin mit mir, wirklich.

„Sie geht mir nicht aus dem Kopf, Susana."

„Ich dachte, du hättest den Unsinn überwunden."

Ich kann es ihr nicht verübeln. In den zwei Wochen, in denen ich ziellos umhergezogen bin, haben wir fast jeden Tag telefoniert, aber bei keiner dieser Gelegenheiten habe ich ihr mehr über sie erzählt. Ich habe sie bewusst in dem Glauben gelassen, dass es sich um den Ausbruch einer eigensinnigen Frau handelt, die sich freut, weil eine andere Frau ihr Aufmerksamkeit schenkt und sie küsst. Aber das ist es nicht, und wenn ich es weiterhin leugne, wird das, was ich in meiner Brust fühle, nicht verschwinden, zumindest nicht in nächster Zeit.

„Ich dachte, wenn ich nicht darüber spreche, würde es mir helfen, nicht mehr an sie zu denken, aber das hat es nicht. Ich muss sie finden, um herauszufinden, ob das, was ich für sie empfinde, echt ist oder nur ein verzerrtes Spiegelbild dessen, was ich wirklich gefühlt habe."

„Okay, wir bringen die Operation Alien wieder in Gang."

Warum zum Teufel ist sie so motiviert? Wenn sie wüsste, wie schlecht es mir geht, wäre sie vielleicht nicht so glücklich darüber, dass sie eine Fremde finden muss, um ihrer Freundin mitzuteilen, was in ihrem Kopf vor sich geht.

„Nenn sie nicht so, Aliens sind ekelhaft", protestiere ich.

„Ich nenne sie, wie ich will, bis du dich an ihren Namen erinnerst. Ich finde es nur sehr stark, dass dich dieses Mädchen so tief berührt hat, wie du sagst, und du dich nicht an ihren Namen erinnern konntest."

Ihr Name war das Letzte, was mich an diesem Abend interessierte. Er war eine Formalität, und dann brauchte keiner von uns den Namen des anderen zu benutzen, weil wir uns nicht von der Seite wichen, bis die Party vorbei war.

„Erinnerst du dich an die Namen der den Typen, die du fickst, wenn du ausgehst?", verteidige ich mich.

„Das ist ein billiger Seitenhieb, und es ist nicht dasselbe, weil ich von Anfang an klar gesagt habe, was ich von ihnen will, und dazu gehört kein zweites Date, also ist es irrelevant, ihren Namen zu kennen."

Ich würde ihr gerne sagen, dass sie ein Miststück ist, aber ich kann es nicht, erstens, weil ich das nicht glaube, und zweitens, weil ich sie um ihre Fähigkeit beneide, eine so klare Linie zu ziehen und von Anfang an zu wissen, was sie bereit ist, jeder Person zu geben.

„Ich mag den Namen Operation Alien sehr", sagt sie und ich muss schnauben.

„Okay, nenn es, wie du willst, solange du mir hilfst, sie zu finden."

„Erledigt. Außerdem hast du Glück, denn morgen beginnt mein Urlaub und ich kann dir den ganzen Tag helfen."

Es geht nicht darum, dass ich Glück habe, sondern darum, dass ich es weiß, und das war einer der Gründe, warum ich die letzten zwei Wochen überstanden habe. Ich brauche ihre Hilfe, weil ich Angst habe, verrückt zu werden, und als ihre beste Freundin weiß ich, dass sie dieses Jahr nirgendwo hingeht, weil sie für den Kauf einer Harley spart. Diese widerwärtigen Bikes sind eine ihrer Leidenschaften.

„Hast du überlegt, wo du anfangen willst?", fragt sie mit vollem Mund.

Ich verstehe nicht, wie sie nicht fett werden kann, sie isst den ganzen Tag lang.

„Ich weiß, dass meine Cousine und ihr Mann gestern aus den Flitterwochen zurückgekommen sind, ich kann sie anrufen und sie fragen."

„So ein Mist", sagt sie enttäuscht.

„Warum sagst du das?"

„Dann wird die Alien-Operation wird nur von sehr kurzer Dauer sein. Du rufst sie an, ihr Mann sagt dir, wer sie ist, und die Suche ist vorbei."

Ich hoffe, dass es so einfach ist.

„Du vergisst, dass ich sie danach ausfindig machen muss. Selbst, wenn ich ihre Nummer bekomme, möchte ich nicht, dass der erste Kontakt so verläuft. Ich muss sie sehen."

„Nun, ein Schritt nach dem anderen. Du kommst hierher zurück, rufst deine Cousine an, und je nachdem, was sie sagt, entscheidest du, was du tust."

„Okay."

Nachdem ich das Telefonat mit Susana beendet habe, fühle ich mich euphorisch. Ich wusste nicht, dass mich das Gefühl, die Suche wieder aufzunehmen, so sehr erfüllen würde. Die Sonne ist schon längst untergegangen und ich springe auf. Ich gehe zurück zu dem Hotel, in dem ich die letzten drei Tage gewohnt habe, und sage, dass ich heute Abend auschecken werde.

„Sind Sie mit etwas nicht zufrieden?", fragt der Mann an der Rezeption absurderweise.

Wenn das der Fall wäre, hätte ich mich gleich am ersten Tag beschwert.

„Ich hatte einen perfekten Aufenthalt, es ist eine persönliche Angelegenheit", sage ich und wende mich ab.

Ich gehe auf mein Zimmer, packe meinen Koffer und verlasse das Hotel, um zum Auto zu gehen. Heute Nacht schlafe ich lieber zu Hause und beginne morgen die Suche auf vertrautem Terrain.

Kapitel 10

Was geschehen ist, war ziemlich peinlich. Ich bin später aufgewacht, als ich wollte, weil ich gestern Abend nach Ankunft, Auspacken, Duschen und Abendessen erst ziemlich spät ins Bett gegangen bin. Als ich aufwachte, war das Erste, was mir in den Sinn kam, der Grund für meine Rückkehr, und mein Herz begann wieder zu rasen. Ich verfluche das Mädchen von der Hochzeit für alles, was sie mir zumutet, und wenn ich sie finde und nicht dasselbe fühle, werde ich wohl eine ganze Woche lang mit dem Kopf gegen die Wand rennen. Obwohl, wenn ich so darüber nachdenke, ist nichts zu fühlen, wenn ich sie sehe, das Beste, was mir passieren kann, denn wenn sie mir gegenüber gleichgültig ist, werde ich, anstatt meinen Kopf gegen die Wand zu schlagen, einfach mit meinem Alltag weitermachen.

Ich saß auf dem Sofa und war fest entschlossen, meine Cousine Ana anzurufen und nach ihr zu fragen, und da stieß ich schon auf mein erstes Problem: Ich habe die Nummer meiner Cousine nicht. Ich fühlte mich nicht sonderlich schlecht dabei, denn da wir kaum Kontakt hatten, erschien es mir auch nicht seltsam, sie nicht zu haben. Aber dann kam ich zu dem Schluss, dass die beste Person, die ihn mir geben könnte, meine Tante wäre, und es stellte sich heraus, dass ich ihre auch nicht habe. Das hat bei mir ein seltsames Unbehagen ausgelöst, denn nach meinem Besuch bei ihr vor zwei Wochen hatte ich das Gefühl, dass eine kleine Verbindung zwischen uns entsteht. Also rufe ich meine Mutter an.

„Du musst mir die Telefonnummer von Tante Manuela geben", sage ich, nachdem ich ein bisschen geredet und ihr vorgelogen habe, dass ich früher zurückgekommen bin, weil ich auch Lust hatte, zu Hause zu sein und nichts anderes zu tun.

Am anderen Ende der Leitung herrscht eine seltsame Stille, ich höre nur ihr Atmen und kann mir vorstellen, wie sie in ihrem Kopf alle Maschinen anwirft, um einen Grund zu finden, warum ich sie frage.

„Die Nummer deiner Tante?", wiederholt sie, als könne sie es nicht ganz glauben.

„Ja, Mama."

„Warum brauchst du sie?", wagt sie schließlich zu fragen.

Ich hätte diese Frage vorhersehen und eine Antwort parat haben müssen, aber da ich das nicht getan habe, lasse ich mir auch ein paar Sekunden Zeit, um zu überlegen, ob ich sie anlügen oder ihr die Wahrheit sagen will, und entscheide mich schließlich für die zweite Option. Ich will die Dinge nicht verkomplizieren.

„Ich brauche die Nummer von Cousine Ana, und ich schätze, du hast sie nicht."

„Jetzt, wo du es erwähnen, habe ich sie", antwortet sie und lässt mich fassungslos zurück.

„Ja?"

„Ja, sie war diejenige, die uns persönlich angerufen hat, um uns zur Hochzeit einzuladen, und mich gebeten hat, ihre Nummer aufzuschreiben, um zu bestätigen, dass wir kommen würden."

„Aha", antworte ich verblüfft.

„Wofür brauchst du sie?

„Ich habe aus Versehen den teuren Lippenstift einer Freundin von ihr genommen und möchte ihn ihr zurückgeben", sage ich dieses Mal.

Damit gibt sie sich zufrieden. Nachdem ich sie aufgeschrieben habe, ist mir klar, dass dies eine gute Gelegenheit ist, sie über diese Entfremdung mit meiner Tante zu befragen.

„Mama, kann ich dir eine Frage stellen?"

„Natürlich", antwortet sie, ein wenig angespannt.

„Warum hast du keine Beziehung mehr zu Tante Manuela?"

„Ich habe es dir schon oft gesagt."

Eigentlich nicht, es ist ein Thema, das sie nicht mag, und meistens weicht sie der Frage aus oder wechselt direkt das Thema, aber wenn sie antwortet, ist es immer das Gleiche. Jetzt merke ich, dass es wie eine einstudierte Phrase wirkt, etwas, das sie auswendig gelernt hat und herausplatzt, um mich ruhig zu stellen und die Frage zu beenden. Bisher hat sie mir gute Dienste geleistet, aber nach dem Gespräch mit meiner Tante an diesem Nachmittag glaube ich nicht, dass sie es noch tun wird. Jetzt habe ich das Gefühl, dass ich an zwei Fronten kämpfen muss: das Mädchen von der Hochzeit zu finden und herauszufinden, was zwischen meiner Mutter und meiner Tante passiert ist.

„Obwohl wir Schwestern sind, gehören wir verschiedenen Welten an", rezitiert sie mechanisch weiter, "sie ist immer mit ihren reichen Freunden zusammen und sorgt sich um ihre gesellschaftliche Stellung. Du weißt, wir sind einfache Leute."

„Nun, bei der Hochzeit waren sie sehr lieb zu mir und sorgten dafür, dass ich mich nicht ausgeschlossen fühlte."

Das stimmt auch nicht ganz, denn sie setzten mich an den seltsamen Tisch, aber ich schätze, sie hatten keine andere Wahl, denn wo setzt man den einsamen Verwandten hin, den man kaum kennt?

„Natürlich nicht, mal sehen, wie lange das anhält", spuckt sie wütend.

Warum dieser Stimmungsumschwung? Vielleicht liegt es daran, dass ich zum ersten Mal nicht mit ihrer üblichen Antwort zufrieden war, und das bringt sie in die Defensive. Ich entscheide mich für eine direktere Vorgehensweise.

„Mama, ich kann nicht glauben, dass ihr so kalt zueinander seid, da muss mehr dahinterstecken. Was ist zwischen euch passiert? Habt ihr euch über etwas gestritten?"

„Warum stellst du so viele Fragen, Vega?"

„Ich bin deine Tochter und stehe auf deiner Seite, aber ich möchte, dass du mir die Wahrheit sagst."

„Du warst noch nie so interessiert. Hat sie etwas zu dir gesagt?"

„Nein, sie hat mir nichts gesagt. Aber ich habe dir ja schon gesagt, dass sie mir nicht so kalt oder distanziert vorkamen."

Vor allem mein Onkel. Jedes Mal, wenn ich mich an ihn mit einem Feuerzeug in der Hand erinnere, entweicht mir ein Lächeln. Am anderen Ende der Leitung herrscht gerade eine lange Stille. Ich höre sie nicht atmen, weil ich glaube, dass sie die Luft anhält.

„Mama?"

„In Ordnung, ich werde dir alles erzählen, aber nicht am Telefon oder vor deinem Vater. Morgen Nachmittag trifft er sich mit dem Nachbarn, um spazieren zu gehen, denn er kann sich kaum noch bewegen, seit sie ihm den Gips abgenommen haben."

„In Ordnung, Mama. Ich danke dir."

Jetzt bin ich sehr neugierig. Ich hatte Recht, es gibt etwas, das all diese Entfremdung erklärt, und ich habe neununddreißig Jahre lang nichts davon gewusst. Manchmal denke ich, dass ich eine egoistische Person bin, die in ihrer eigenen Welt eingeschlossen lebt, völlig losgelöst von den Problemen der anderen.

„Bis später, Tochter. Ich gehe und bereite das Essen vor."

Ich verabschiede mich von meiner Mutter, und bevor ich Zeit habe, es mir anders zu überlegen, wähle ich die Nummer meiner Cousine Ana. Als sie sich meldet, merke ich, dass sie über meinen Anruf überrascht ist, denn ich wäre auch von einem Anruf von ihr überrascht gewesen.

„Ich weiß es gerade nicht", sagt sie, als ich ihr erkläre, wen ich suche und warum, "wenn du dich nur an den Namen erinnern würdest."

„Es tut mir leid, aber sie hat ihn mir gesagt, als wir uns vorgestellt haben, und ich habe ihn mir nicht gemerkt."

„Ich bin mir sicher, dass keiner von uns in dieser Nacht richtig bei Verstand war", lacht sie amüsiert.

Wie konnte ich nur die ganze Zeit so distanziert von ihnen sein? Aus einer anderen Perspektive betrachtet, hätten sie sich auch anstrengen können.

„Mir ging es schlecht, ich habe zu viel getrunken. Meinst du, sie könnte zu Goyos Familie oder Freunden gehören?“

„Seine Familie ist sehr groß und er hat viele Freunde, aber ich kenne sie noch nicht alle.“

„Ich verstehe.“

„Okay, Vega. Goyo ist im Moment nicht da, aber er wird nach dem Mittagessen zurückkommen. Komm doch heute Nachmittag zu mir nach Hause. Auf diese Weise kannst du ihn direkt fragen, und ich bin sicher, er wird dir ihren Namen sagen können.“

„Macht es dir nichts aus?“, frage ich ein wenig verlegen.

„Natürlich nicht. So können wir ein bisschen mehr Zeit miteinander verbringen. Wir sind eine Familie und ich kenne dich kaum.“

Damit hat sie völlig recht. Ich frage mich, ob sie weiß, was zwischen unseren Müttern vorgefallen ist. Ist es ernst genug, um diese Entfremdung zu rechtfertigen? Ich bin mehr und mehr fasziniert.

„Darf ich eine Freundin mitbringen? So muss ich die Reise nicht allein antreten.“

„Du kannst mitbringen, wen du willst, ich schicke dir die Adresse.“

„Vielen Dank, Ana.“

„Gern geschehen, grüß deine Eltern von mir.“

„Natürlich, und du deine.“

Ich verabschiede mich von Ana und nach ein paar Sekunden erhalte ich ihre Adresse. Sofort rufe ich Susana an.

„Mach dich bereit. Nach dem Mittagessen gehen wir zu meiner Cousine.“

„Operation Alien läuft", antwortet sie fröhlich, und wenn sie nicht ihr Handy in der Hand hätte, würde sie sicher sogar in die Hände klatschen.

Kapitel 11

Ana und Goyo heißen uns in ihrem Haus willkommen, und als Erstes zeigen sie uns voller Stolz ihr neues gemeinsames Zuhause.

„Was für ein toller Ort", flüstert Susana mir beeindruckt zu.

Ich antworte ihr nicht, weil ich nicht will, dass sie jedes Mal, wenn wir einen neuen Raum betreten, mit einen "wow" oder "ulala" anfängt.

„Ich hätte mir gewünscht, dass wir im Garten etwas trinken", bedauert Ana, "aber du siehst ja, dass das Wetter nicht gut ist."

Es ist wahr, es regnet seit Mittag. Es ist kein starker Regen, aber es ist einer dieser Regenfälle, die nicht mehr aufhören und einen in weniger als einer Minute bis auf die Haut durchnässen lassen. Dazu kommt eine ziemlich unangenehme Luft, die die Feuchtigkeit tief ins Innere dringen lässt.

„Nun, Ana sagt, du suchst eine Frau von der Hochzeit", sagt Goyo, als wir im Speisesaal zum Kaffee Platz nehmen.

Ich bin fasziniert von der Entschlossenheit seiner Worte.

„Weißt du, wer sie ist?", frage ich, während mein Herz wieder rast.

„Ich nehme an, du meinst die Frau, mit dem du im Garten warst, oder?"

Wie peinlich, er erinnert sich.

„Oh", ruft meine Cousine plötzlich, "ist das die Frau, mit der du getanzt hast?"

„Ja", antworte ich verlegen, und Susana kichert.

Was für ein Freudenbündel sie manchmal ist.

Goyo holt eine Zigarettenschachtel aus seiner Hemdtasche und bietet mir eine an.

„Ich rauche nicht, danke."

Er bietet sie auch Susana an, die sie mit einem Kopfschütteln ablehnt.

„Nein, ich rauche nur auf Hochzeiten."

„Ich verstehe ich dieses Bedürfnis, deine Lungen zu zerstören, nicht", wirft Ana ihm vor.

Goyo beschließt, sie zu ignorieren und sich nicht auf eine Diskussion einzulassen, die normalerweise absurd ist.

„Weißt du denn, wer sie ist?", frage ich, um die Spannung zu lösen.

„Nun, leider nicht. Ich dachte, sie wäre deine Partnerin."

„Meine Partnerin?", frage ich mit einem Stirnrunzeln.

Er scheint sie nicht nur nicht zu kennen, sondern nimmt an, dass wir Freundinnen waren. Kann es noch schlimmer werden?

„Ja, ich weiß nicht, ich habe gesehen, wie gut ihr im Garten zusammengepasst habt", erklärt er und errötet. "Zwischen euch schien die Chemie zu stimmen, und dann auf der Tanzfläche, na ja, ich weiß nicht... Ich habe es wohl falsch verstanden. Es tut mir leid."

„Nein, es ist alles in Ordnung", erröte ich ungläubig.

„Du weißt also nicht, wer sie war?", fragt Ana ihn erstaunt.

„Nein", antwortet er knapp, "es war niemand, den ich kannte. Ich sagte doch, dass ich annahm, es sei Vegas Freundin."

Ana sieht mich an und blinzelt mehrmals, während Susana versucht, ihr Lachen zu unterdrücken.

„Und könnte es nicht sein, dass sie die Partnerin eines Freundes von euch ist?", sagt Ana.

„Unmöglich, er hätte mich ihr vorgestellt."

„Vielleicht erinnerst du dich nicht an sie", wirft Susana zum ersten Mal ein, "wenn ihr alle so betrunken wart wie Vega, ist es normal, dass ihr Gedächtnislücken habt. Mir ginge es so", fügt sie mit einem verruchten Grinsen hinzu, das meine Cousine sabbern lässt, "aber nein, ich bin sicher, ich würde mich daran erinnern."

Mit schockierter Enttäuschung und einer inneren Leere, die mich schwindelig werden lässt, lasse ich mich auf die Couch zurückfallen.

„Also", wirft Susana ein, für die die Sache jetzt wirklich interessant wird, "wenn sie nicht mit dir verwandt war, woher kam sie dann?"

„Vielleicht war sie eine Kellnerin im Hotel", vermutet Ana.

„Das glaube ich nicht", entgegnet Goyo, "wir sprechen hier von einem Vier-Sterne-Hotel, kein Kellner würde sein Gehalt riskieren, um eine Party zu stören."

„Wann hast du sie zum ersten Mal gesehen?", fragt mein Cousin, dem das Ganze genauso viel Spaß zu machen scheint wie Susana.

„Im Garten, als ich Goyo und deinen Vater traf. Ich bin rausgegangen, um frische Luft zu schnappen, und bin in den hinteren Teil des Gartens gegangen, damit die Musik nicht so laut ist, ich musste ein bisschen vom Lärm abschalten. Ich fand sie auf einer der Bänke sitzend."

Plötzlich, aus irgendeinem absurden Grund, denke ich, dass sie vielleicht ein Geist sei, und ein Schauer durchläuft meinen ganzen Körper. Zum Glück erinnere ich mich sofort, dass alle sie gesehen haben, es war keine Halluzination von mir.

„Wann war das?", fragt Susana.

„Nach dem Abendessen, als der Tanz begann."

„Ich hab's!", ruft Goyo plötzlich aus. „Ich kenne sie überhaupt nicht, aber vielleicht war sie jemand von einer anderen Hochzeit."

„Von einer anderen Hochzeit?", frage ich und runzle die Stirn.

„Ja, es gab drei verschiedene Bankette im Hotel am selben Tag. Jedem von uns wurde ein Esszimmer zugewiesen. Vielleicht war das Mädchen ein Gast auf einer der anderen Hochzeiten, der sich von seiner eigenen geschlichen hat, um zu sehen, was auf den anderen Hochzeiten los ist."

„Wie kann sie das tun? Was soll das bringen?", fragt Ana unschuldig.

„Das ergibt Sinn", antwortet Susana, "ich habe das schon mehr als einmal gemacht. Wenn alle betrunken sind, fällt niemandem jemand Neues auf. Man denkt nur, dass es jemand ist, den man noch nicht kennt oder während der Zeremonie nicht bemerkt hat."

„Aber warum macht man das?", fragt sie verblüfft.

„Verdammt, Ana", lacht Goyo, "entweder um zu flirten oder einfach nur, weil die Hochzeit, auf der du bist, langweilig zu sein scheint und du dich auf andere Hochzeiten schleichst, um zu sehen, ob dort mehr los ist."

„Wow", sagt sie nachdenklich.

Jetzt lehne ich mich nach vorne und stütze die Ellbogen auf die Knie; wenn die Frau nicht von unserer Hochzeit war, wird es sehr kompliziert.

„Dann wird es unmöglich sein, sie zu finden", schnaube ich resigniert.

„Es ist keine große Sache, Frau, es ist nur ein Lippenstift", versucht Ana, mich aufzumuntern.

Goyo sieht mich an und zwinkert mir wissend zu. Das macht mir klar, dass er erkannt hat, dass die Sache mit dem Lippenstift nur gespielt ist und dass ich sie in Wirklichkeit aus einem anderen Grund suche. Er steht auf und geht zu einem Möbelstück hinüber, aus dem sie seine Brieftasche nimmt und etwas herauszieht.

„Dies ist die Karte der Person, die im Hotel für Hochzeiten zuständig ist. Geh hin und frag nach ihr, vielleicht kann man dir helfen."

„Danke, Goyo", sage ich und nehme sie an.

Als wir sein Haus verlassen, lasse ich mich enttäuscht in den Autositz fallen. Ich drehe die Karte immer wieder um, weil ich nicht weiß, wie diese Person mir helfen soll.

„Sei nicht so dramatisch", sagt Susana und nimmt sie mir aus der Hand.

Sie holt ihr Handy heraus und zeigt die Adresse des Hotels auf dem GPS an.

„Was machst du da?"

„Wir fahren dorthin."

„Bist du verrückt? Und was sollen wir ihr sagen? Diese Person ist für die Organisation von Hochzeiten zuständig und nicht dafür, sich die Gesichter der mehr als fünfhundert Personen zu merken, die sich an diesem Abend dort versammelt haben könnten."

„Das muss sie auch nicht. Sie soll uns nur die Gästeliste zeigen", sagt sie mit Überzeugung. "Lass mich das machen."

Eine halbe Stunde später betreten wir die Hotellobby und Susana stößt einen Schreckensschrei aus.

„Wie reich deine Cousins sein müssen", sagt sie beeindruckt.

„Eigentlich haben meine Tante und mein Onkel bezahlt."

Susana geht zielstrebig auf die beiden Frauen am Empfang zu und stellt sich vor eine von ihnen, die jüngere.

„Entschuldigung, vor zwei Wochen war meine Freundin hier auf einer Hochzeit am Samstagabend. Eine Frau, die an diesem Abend zufällig auf einer anderen Hochzeit war, hat ihr etwas geliehen, das sie gerne zurückgeben würde, aber Sie wissen ja, wie das auf Hochzeiten ist: Man trinkt so lange, bis man sich nicht einmal mehr an seinen eigenen Namen erinnern kann, geschweige denn an den Namen einer anderen Person, die man gerade erst kennen gelernt hat."

Das Mädchen sieht sie entgeistert an, während ich vor Verlegenheit sterbe.

„Ich habe mich gefragt, ob Sie uns eine Liste der Gäste auf den Hochzeiten an diesem Tag zur Verfügung stellen könnten, falls uns ein Name bekannt vorkommt, oder ob Sie uns jemanden nennen können, der uns helfen kann."

„Es tut mir sehr leid, Ma'am, Sie müssen morgen früh wiederkommen, die Person, die sich um diese Angelegenheiten kümmert, ist bereits gegangen."

„Und können Sie nicht nach dieser Liste suchen? Ich bin mir sicher, dass sie es immer noch herumliegen haben."

„Es tut mir leid, ich habe keinen Zugang zu diesen Informationen."

„Vielen Dank für Ihre Hilfe, wir melden uns morgen wieder."

Susana dreht sich stolz um, als wäre sie sich sicher, dass ihre Darbietung den besten Schauspielerinnen würdig ist, nach dieser

Zurschaustellung von Höflichkeit und Förmlichkeit, die ihr überhaupt nicht steht.

„Du hast das sehr gut gemacht, obwohl es glaubwürdiger gewesen wäre, wenn du statt einer zerrissenen Hose ein Kleid und hochhackige Schuhe getragen hättest, wie all die vornehmen Frauen hier."

„Du hast Talent darin, Momente zu zerstören."

Ich bin zerbrochen vor Enttäuschung. Wir sind zwei Stunden zum Haus meiner Cousine gefahren, um festzustellen, dass niemand die Frau von der Hochzeit kennt.

„Morgen früh kommen wir wieder und finden es heraus", sagt Susana, um mich aufzumuntern, als wir ins Auto steigen.

Sehe ich so enttäuscht aus?

Kapitel 12

Am nächsten Tag ist es Susana, die mich um zehn Uhr abholt, um zum Hotel zurückzukehren. Egal, ob wir Informationen bekommen oder nicht, wenn wir wieder zu Hause sind lade ich sie zum Mittagessen ein, als Dankeschön dafür, dass sie mich begleitet hat, auch wenn sie sich gut amüsiert. Dann werde ich zu meiner Mutter gehen, damit sie mir endlich erklären kann, was so schlimm war, dass sie sich von ihrer einzigen Schwester entfernt hat.

„Los geht's", befiehlt meine Freundin entschlossen.

Susana ist fast aus dem Auto gesprungen, als wir geparkt haben. Heute trägt sie ein süßes trägerloses Kleidchen mit Sandalen, die sie zwar nicht vornehm aussehen lassen, aber auch nicht wie einen Bettler wie mich, der Jeans-Shorts, ein Tank-Top von meiner Lieblingsband und Strandschuhe trägt. Im Gegensatz zu gestern ist es heute ein schöner Tag, und für die frühe Uhrzeit ist es sehr heiß.

„Natürlich hättest du etwas anderes anziehen können", beschwert sie sich zum zweiten Mal.

Das erste Mal war, als sie mich beim Verlassen des Hauses sah und mir befahl, zurückzugehen und etwas Anständigeres anzuziehen, aber ich hatte keine Lust dazu.

Sie sagte: „Stell dich hinter mich und trage meine Tasche, als wärst du mein Dienstmädchen."

Es war kein Antrag, sie hat mir einfach ihre Tasche auf die Brust geknallt, eine Sonnenbrille aufgesetzt, die drei Gesichter verdecken könnte, und ist losgegangen. Ich sage nichts zu ihr, weil ich nicht in der Stimmung bin und sie schließlich diejenige ist, die sich für mich einsetzt. Ich sterbe vor Scham, und da sie keine hat, ergänzen wir uns auf diese Weise.

Ich gehe ein paar Schritte hinter ihr und wir erreichen die Rezeption. Keine der beiden Frauen von gestern ist da, stattdessen zwei Männer, und offensichtlich geht meine Freundin zu dem, den sie attraktiver findet. Zu meiner Überraschung redet sie nicht so viel wie bei der armen Frau von gestern, das aus Höflichkeit stoisch zugehört hat, sondern sie zeigt ihr die Karte, die Goyo mir gegeben hat.

„Können Sie diese Person holen? Meine Freundin und ich heiraten, und wir wollen das Bankett hier feiern."

Ich hätte die Tasche fast auf den Boden fallen lassen. Was zum Teufel ist mit ihr los? Das brauchte man nicht zu sagen. Der Mann lächelt sie mit einstudierter Freundlichkeit an, wirft ihr einen kurzen Blick zu und schaut dann wieder zu mir, wobei er sich sicher vorstellt, dass wir neben einem Auto stehen, während wir uns gegenseitig fingern. Ich schwöre, dass ich sie mit meinen bloßen Händen erwürgen werde.

„Warum hast du das zu ihm gesagt?", frage ich und halte meine Stimme zurück, als der Mann den Hörer abnimmt, um die betreffende Person anzurufen.

„Oh, Vega, sei nicht so eine Idiotin. Schau doch, wie glücklich er ist. Ich bin sicher, dass er sich heute bei dem Gedanken an uns einen runterholen wird."

„Ehrlich gesagt, möchte ich nicht das Objekt seiner schmutzigen Gedanken sein, schon gar nicht mit dir."

„Du stehst auf Frauen, Vega, erzähl mir nicht so einen Scheiß."

Verdammt, sie ist in die klassische Neandertaler-Falle getappt: Wenn ich eine Frau mag, mag ich sie anscheinend alle.

„Ich dachte, du wärst aufgeschlossener", protestiere ich mürrisch.

Meine Rede wird unterbrochen, als ein Mann im Anzug, der auf den Namen auf der Karte hört, auf uns zukommt, sich vorstellt und uns in einen Speisesaal einlädt, der geschlossen ist. Es ist derselbe, in dem auch die Hochzeit von Ana und Goyo stattfand, und als sich mein Blick auf die Stelle richtet, an der sich die Tanzfläche befand, durchfährt ein heißer Strom meinen Körper, als ich mich an den Moment erinnere, als das Mädchen mich an der Taille packte und mich eng an sich drückte, um zu diesem langsamen Lied zu tanzen.

Der Mann fängt an, uns die Lounge zu zeigen, aber Susana ist so freundlich, seine Zeit nicht zu verschwenden und erklärt uns den wahren Grund, der uns dorthin gebracht hat, gerade als zwei Kellner eintreten, um die Tische für die nächste Feier vorzubereiten.

„Es tut mir leid, die Daten der Kunden sind vertraulich und ich kann Ihnen die Liste nicht geben", antwortet er sehr ernst, sichtlich verärgert darüber, dass wir ihn überredet haben zu kommen.

„Wir haben niemanden nach seinen Nachnamen und Adressen gefragt, wir brauchen nur die Gästeliste. Diese Frau hatte einen ungewöhnlichen Namen, wir möchten nur wissen, wie er lautet, und wenn Sie außerdem so freundlich wären, uns zu sagen, woher die Braut und der Bräutigam kamen, wären wir sehr dankbar. Ich würde mich persönlich darum kümmern."

Susana hat soeben alle ihre weiblichen Waffen eingesetzt, ihm zugezwinkert und ihn unverhohlen angemacht. Ich bin mir sicher, dass es unter normalen Umständen funktioniert hätte und sie bereit gewesen wäre, ihre Schulden zu begleichen, denn der Mann sieht sehr gut aus, das Problem ist nur, dass meine Freundin anscheinend nicht erkannt hat, dass sie mehr Federn hat als ein Pfau.

„Ich kann Ihnen nicht helfen, tut mir leid", antwortet er höflich. „Wenn Sie mich jetzt entschuldigen würden, ich habe noch einen anderen Kunden."

Der Mann gibt ihr keine Chance zu antworten und verschwindet aus der Tür. Eine weitere Sackgasse, ich muss davon ausgehen, dass ich sie nie finden werde.

„Operation Alien kann so nicht enden", sagt Susana und sieht mich an. "Komm, lass uns gehen, wir werden uns schon etwas einfallen lassen."

Ich wünschte, ich wäre so entschlossen wie sie, oder zumindest so positiv.

„Verzeihung."

Wir drehen uns beide zu einem der Kellner um, der gerade Gläser auf den Tisch stellt.

„Ich wollte das Gespräch nicht belauschen, aber da Sie neben mir standen, war es unmöglich, es nicht zu tun", entschuldigt er sich.

„Schon gut", sage ich, ohne zu verstehen.

„Schauen Sie auf der Website des Hotels unter der Rubrik Feste", sagt er und schaut in alle Richtungen, als ob er eine Sünde begehen würde.

„Was ist da?"

Mein Puls rast wieder. Wenn ich so weitermache, schaffe ich es nicht mehr bis zum Ende meines Urlaubs.

„In der Regel gibt es kleine Berichte über die Feiern, die hier stattfinden, sofern die Kunden ihr Einverständnis geben, und alle tun dies in der Regel, weil das Hotel ihnen einen kleinen Preisnachlass anbietet, um auf diese Weise für sich zu werben.

„Ich verstehe", sagt Susana nachdenklich.

„In der Regel gibt es ein paar Fotos vom Saal mit den Gästen und ein Hauptfoto von Braut und Bräutigam, auf dem auch ihre Namen zu sehen sind."

„Vielen Dank", sage ich aufgeregt, "wirklich, vielen Dank."

Der Mann lächelt breit, und ich bin versucht, ihm einen Kuss auf die Wange zu geben, aber ich beherrsche mich und ziehe nur mein Portemonnaie heraus und gebe ihm einen Zwanziger für die Auskunft. Er lächelt wieder und steckt sie schnell ein.

Wie zwei Verrückte verlassen wir das Hotel und begeben uns auf die Terrasse der Bar auf der anderen Straßenseite. Wir bestellen etwas zu essen und stellen unsere Stühle so dicht nebeneinander, dass Susana mir fast den Ellbogen in die Rippen stößt.

„Verdammt, du bist so rücksichtslos", beschwere ich mich.

„Halt die Klappe und hol dein Handy raus", fordert sie ungeduldig.

Sie ist ja nicht diejenige, die verzweifelt nach jemandem sucht. Gerade als ich den Namen des Hotels in die Suchmaschine eintippe, erscheint die Kellnerin mit unseren Tellern und ich schnaube.

„Na los", sagt Susana, als sie uns endlich allein lässt.

Ich tippe den Namen zu Ende und schon erscheint das Ergebnis in der Suchmaschine. Ich klicke auf das Hotel und als sich die Seite öffnet, fällt mir die Kinnlade herunter.

„Ich kann es nicht glauben", murmle ich.

„Meine Liebe, du musst verflucht sein oder so", denkt Susana und schüttelt den Kopf.

Auf dem Bildschirm erscheint die Meldung, dass die Website gerade gewartet wird und man es später noch einmal versuchen soll, was einige Stunden dauern kann. Ich schalte mein Handy aus, lege es widerwillig auf den Tisch und plötzlich brechen wir beide in einen dieser Lachanfälle aus, die man nicht kontrollieren kann. Wir lachen ein paar Minuten lang absurd, aber andererseits gelingt es mir, die Anspannung abzubauen, die ich empfinde. Warum ist es so schwer, diese Frau zu finden?

„Dann lass uns essen und nach Hause gehen, ich treffe meine Mutter. Wenn ich fertig bin, werden sie hoffentlich mit der Wartung fertig sein."

„Ich bin sicher, dass sie es sein werden. Ich werde die Gelegenheit nutzen, um auch meine Eltern zu besuchen. Soll ich um acht Uhr bei Ihnen vorbeikommen?", fragt Susana und stochert in einer beeindruckenden Portion Salat.

„Perfekt."

„Ich bringe das Abendessen mit. Worauf hast du Lust?"

Ich sehe sie mit der Gabel in der Hand an. Wir haben noch nicht zu Ende gegessen, und sie denkt schon an das Abendessen.

Kapitel 13

Ich habe Susana zu Hause abgesetzt und bin direkt zum Haus meiner Mutter gefahren. Seit ich hier bin, dreht sie sich ständig im Kreis. Sie macht mich fast so nervös wie sie selbst.

„Möchtest du mehr Zucker in deinen Kaffee?", fragt sie, bevor sie sich setzt.

„Nein, Mama, es ist alles in Ordnung."

Ich sehe sie an, während ich den Inhalt der Tasse umrühre.

„Vielleicht sollten wir lieber ins Esszimmer gehen, auf der Couch ist es bequemer."

Ich kneife mir in den Nasenrücken und protestiere nicht, weil sie schon aufgestanden ist und alles auf ein Tablett legt, um es mitzunehmen. Jetzt sitzen wir an dem kleinen Tisch, sie auf dem Sofa und ich in dem Sessel, in dem mein Vater normalerweise sitzt.

„Mama, hör auf, darüber nachzudenken, du machst mich noch wahnsinnig. Sag es mir sofort, so schlimm kann es doch nicht sein, dass es dich so viel kostet", sage ich, um die Spannung zu verringern.

„Jetzt ist es nicht schlimm, denn es ist eines der besten Dinge, die mir das Leben geschenkt hat, aber damals fand ich das, was deine Tante getan hat, schrecklich", beginnt sie schließlich zu erklären.

„Was hat sie getan?" Ich werde ungeduldig und zunehmend neugierig.

Mir kommt das Bild meiner Tante in den Sinn, als wir bei ihr zu Hause waren, und ich kann mir nicht vorstellen, dass sie etwas so Schreckliches getan hat, dass ihre kleine Schwester ihr nie verzeihen oder zumindest vergessen konnte.

„Als ich anfing, mit deinem Vater auszugehen, war deine Tante bereits seit zwei Jahren mit einem jungen Mann aus dem Dorf zusammen, der aus einer bescheidenen Familie wie wir stammte und ein sehr netter Junge war. Zu dieser Zeit kam eine andere Familie ins Dorf, der Vater war Bankier und stammte angeblich aus einer sehr wohlhabenden Familie, die viel Land und Besitz besaß." Meine Mutter hält inne, um einen Schluck von ihrer Tasse Tee zu nehmen, und ihr Blick wandert irgendwo weit weg von hier. Ich lasse ihr ein paar Sekunden Zeit, ohne sie zu bedrängen, bis sie zu sich kommt und mich ansieht.

„Diese Familie hatte einen Sohn, der jetzt der Mann meiner Schwester ist, dein Onkel Manuel. Er verliebte sich sofort in sie, als er sie kennenlernte. Deine Tante arbeitete damals im einzigen Lebensmittelladen des Dorfes, und dein Onkel ging ständig einkaufen und nutzte jeden Vorwand, um sie zu sehen. Ich weiß, dass deine Tante nichts Falsches getan hat, sie hat ihn nicht ausgesucht, sie hat sich einfach in ihn verliebt. Aber sie war verlobt, und das konnte man nicht einfach so rückgängig machen."

Manchmal ist uns gar nicht bewusst, wie viel Glück wir haben, dass wir nicht in dieser Zeit leben müssen.

„Deine Tante begann sich über Nacht zu verändern, sie wurde verschlossen und ihr Charakter verschlechterte sich. Man konnte nichts zu ihr sagen und Minuten mit ihr verbringen, manchmal konnte sie unerträglich werden." Sie nickt, als ob sie immer noch nicht versteht, warum.

„Warum?"

„Ich weiß es nicht, Vega. Ich weiß nur, dass ich anfing, Veränderungen an ihr zu bemerken, nicht nur in ihrer Stimmung, sondern auch körperlich."

„Ich verstehe nicht."

„Sie begann allmählich an Gewicht zuzunehmen. Am Anfang waren sie kaum wahrnehmbar, aber ich merkte es, weil wir die gleichen Kleider trugen. Wir hatten immer die gleiche Größe, und nach und nach wurde alles enger, bis ich eines Tages bemerkte, dass ihr Bauch immer größer wurde."

„Mutter, war sie schwanger?"

„Als ich sie fragte, sagte sie einfach ja, und dass sie das Kind zur Adoption freigeben würde, sobald es geboren sei, da sie es nicht wolle. Ich war schockiert, nicht nur wegen der Folgen für die Familie, denn sie war ja nicht verheiratet, sondern auch, weil sie schon immer Mutter werden wollte, und diese Entscheidung hat mich überrumpelt. Ich fragte sie, ob ihr Freund Bescheid wisse, und sie zuckte mit den Schultern, als ob es ihr egal wäre, aber es stimmte auch, dass ihre Beziehung seit ihrer Persönlichkeitsveränderung beeinträchtigt war. Sie verließ kaum noch das Haus, und wenn sie sie besuchte, weigerte sie sich, das Zimmer zu verlassen."

Ich beginne, über eine mögliche Erklärung nachzudenken. Ich versetze mich in meine Tante hinein. Sie hatte sich in einen Mann verliebt und wurde von einem anderen schwanger, es war normal, dass sie depressiv war.

„Ich habe versucht, sie davon zu überzeugen, dass sie das Baby behalten muss, ich habe ihr gesagt, dass dein Vater und ich ihr helfen würden, aber sie hat sich strikt geweigert und mir war klar, dass ihre Entscheidung unwiderruflich war. Als meine Eltern davon erfuhren, machten sie einen großen Wirbel und bestanden darauf, dass sie sofort heiraten müsse, was sie ablehnte und sich noch mehr verschloss. Sie wurde zu einer langweiligen Seele, die das Haus nur verließ, um zur Arbeit zu gehen. Ihr Bauch wuchs und die Leute redeten, aber wir konnten wenig tun."

„Warum hat sie nicht abgetrieben, wenn sie es nicht wollte?"

„Damals war das nicht so einfach. Wenn man eine Garantie wollte, dass man eine Ausschabung bekommt, die einen nicht das Leben kostet, musste man viel Geld bezahlen, und das hatten wir nicht. Später erfuhr ich, dass dein Onkel Manuel angeboten hatte, die Operation zu bezahlen, aber da war es schon zu spät, die Schwangerschaft war schon zu weit fortgeschritten."

Ich trinke meinen Kaffee in einem Schluck aus und frage mich, warum meine Mutter mir diese Geschichte nie erzählt hat.

„Deine Tante hat sich einen Monat vor der Geburt endgültig von ihrem Freund getrennt. Ich erinnere mich, dass er nach Hause kam, um sie zu sehen, und sie schrie ihn an und sagte ihm, er solle sich ihr nicht mehr nähern, sie nicht anfassen, sie nicht ansehen. Sie war wie verrückt, und meine Eltern waren so erschrocken, dass sie ihn baten, sie in Ruhe zu lassen."

„Wollte er das Baby?", frage ich neugierig.

„Nein, das war das Einzige, worüber sie sich einig waren, glaube ich. Keiner von beiden wollte es, sie, Gott allein weiß warum, und er, der arme Mann, war am Verhungern, kaum in der Lage, sich selbst genug zu ernähren, um eine Frau und ein Kind zu versorgen. Er war arbeitslos geworden und konnte nur noch Gelegenheitsarbeiten auf den Feldern verrichten."

„Und was ist dann passiert?"

„Du musst mir versprechen, dass du deinem Bruder nichts davon erzählst", sagt sie plötzlich und hält meine Hände fest.

„In Ordnung", stimme ich verblüfft zu.

„Dein Vater und ich waren zu der Zeit verlobt. Nachdem wir mit deiner Tante gesprochen und uns geeinigt hatten, zogen wir die Hochzeit vor, und als deine Tante entband, behielten wir das Baby als unser eigenes. Ich konnte ihr nicht erlauben, das Kind zur Adoption freizugeben."

Ich erstarre auf der Stelle, während meine Mutter mich beobachtet und auf eine Reaktion wartet, die nicht kommt. Ich räuspere mich und versuche, mich zu beruhigen, aber meine Hände zittern und mein Gehirn ist kurz davor zu explodieren.

„Mein Bruder ist nicht mein Bruder?", frage ich verblüfft, mit kratziger Stimme.

„Natürlich ist er das, du und er werdet immer Geschwister sein", stellt sie wütend klar.

„Trotzdem ist er der Sohn meiner Tante und des armen Dorftrottels."

„Das ändert nichts daran."

„Warum hast du mir nie etwas gesagt?", frage ich wütend. "Weiß er es?"

„Nein, sie weiß es nicht und braucht es nicht zu wissen, und du musst mir versprechen, dass eure Beziehung dadurch nicht beeinträchtigt wird", fleht sie unter Tränen.

„Natürlich nicht, Mama, er ist mein Bruder, es ist mir egal, woher er kommt. Ich verstehe nur nicht, warum du es vor ihm verheimlichst. Er hat ein Recht darauf zu erfahren, was passiert ist."

„Weißt du, wie wütend er sein würde? Deine Tante hat nie etwas getan, um ihn zurückzuholen. Nach der Geburt des Kindes ging sie mit dem Sohn des Bankiers aus. Zwei Monate später heirateten sie und zogen dorthin, wo sie jetzt leben. Dann habe ich alles verstanden, dein Bruder war ein Hindernis, um mit dem Mann zusammen zu sein, den sie wollte, deshalb ist sie ihn losgeworden und deshalb hat dein Onkel angeboten, die Abtreibung zu bezahlen, auch wenn es spät war."

Ich bin wieder sprachlos. So sehr ich mich auch anstrenge, ich kann mir nicht vorstellen, dass meine Tante das getan hat. Ich habe sie bei der Hochzeit mit ihren Töchtern gesehen, verrückt vor Freude über Ana. Wie konnte sie ihr erstes Kind einfach so aufgeben?

„Jeden Monat schickte sie mir Geld", fährt meine Mutter fort, "ich habe ihr mehrmals geschrieben, dass das nicht nötig sei, dass wir ihn als unseren Sohn angemeldet hätten und dass wir durchaus in der Lage seien, für ihn zu sorgen und ihm die Liebe zu geben, die sie brauche, aber sie hörte nicht auf. Wir bekamen monatlich Geld, auch extra an seinem Geburtstag oder zu Weihnachten, und als sie herausfand, dass er Medizin studieren wollte, bezahlte sie hinter unserem Rücken die gesamten Universitätsgebühren."

Das gibt mir noch mehr Fragen – wenn sie ihn nicht wollte, warum wollte sie dann sein Leben finanzieren?

„Sie hat dir nie einen Grund für sein Handeln genannt?"

„Niemals. Am Anfang habe ich sie viel gefragt, weil ich ihr Verhalten verstehen wollte. Deine Tante war ein guter Mensch und sehr religiös, das war nicht ihre Art. Aber sie hat nie etwas gesagt, und schließlich habe ich aufgehört zu fragen. Sie löste sich von ihrer Familie und von allem, was sie umgab, und begann ein Leben in Luxus. Drei Jahre später erfuhr ich, dass sie mit ihrer ersten Tochter schwanger war, und das bedeutete das Ende unserer Entfremdung. Es tat mir sehr weh, dass sie sie liebte und nicht ihr erstes Kind. Ich habe das nie verstanden."

Ich verstehe es auch nicht, aber der Unterschied zwischen meiner Mutter und mir ist, dass ich mich nicht mit den Zweifeln aufhalte, sonst würde es mich innerlich auffressen. Ich werde zu meiner Tante gehen und mit ihr sprechen, sobald ich die Nachricht verdaut habe. Wie konnte sie meinen Bruder nur so loswerden? Wenn ich mir vorstelle, was für ein Leben sie gehabt hätte, wenn meine Eltern nicht beschlossen hätten, ihn zu behalten, dann kocht mein Blut. Er wäre in einem Waisenhaus oder bei einem Priester gelandet, und wir alle wissen, was man damals mit den meisten Kindern gemacht hat.

Mein Vater kommt nach einer Weile zurück und wir beenden das Gespräch. Ich bleibe noch ein bisschen bei ihnen und tue so, als ob mein Körper nicht erschöpft wäre, bis es fast acht Uhr ist und ich nach Hause gehe, um auf Susana zu warten.

Kapitel 14

Als ich ankomme, denke ich mit kochendem Kopf darüber nach, was meine Mutter mir erklärt hat. Mein Bruder, auch wenn ich mich so fühle, ist eigentlich mein Cousin mit einem unbekannten Vater.

Das Klingeln an der Tür reißt mich aus meinen Gedanken. Susana kommt wie ein Wirbelsturm herein, als ich die Tür öffne, und bringt sogar mich zum Taumeln.

„Warum ist dein Laptop nicht eingeschaltet?", fragt sie und schlingt die Arme um ihre Taille.

Sie hat ihr damenhaftes Outfit bereits abgelegt und ist wieder ganz die Alte.

„Ich bin gerade erst angekommen und hatte noch keine Zeit", antworte ich ehrlich.

An einem normalen Tag wäre es das Erste, was ich getan hätte, aber heute ist es das nicht, und nach dem Gespräch mit meiner Mutter fällt es mir schwer, mich zu konzentrieren.

Susana starrt mich mit ihren schwarzen Augen an und runzelt die Stirn. „Ich verstehe nicht, warum du so ruhig bist, ich war nämlich bei meinen Eltern und du weißt, dass in dieser Scheißstadt der Empfang mies ist, sonst hätte ich alle zehn Minuten die Hotelseite neu geladen."

Bei einer normalen Gelegenheit hätte ich es auch getan, aber so war es nicht. Meine Mutter hat mir etwas sehr Wichtiges offenbart. Etwas, das so schwer zu verstehen ist, dass ich es nicht einmal mit meiner besten Freundin teilen kann. Zunächst muss ich die Nachricht verdauen.

Susana untersucht meinen Kühlschrank mit einem klinischen Blick und beschließt, dass wir heute schon in der Bar gegessen haben und etwas Selbstgemachtes brauchen. Also nimmt sie ein paar Eier heraus und macht Rührei mit Schinken, das mir plötzlich Appetit macht, obwohl meine Mutter meinen Magen mit ihrer Offenbarung geschlossen hatte.

Ich nutzte diesen Moment, um schnell zu duschen und meinen Pyjama anzuziehen. Heute habe ich nicht die Absicht, einen Fuß vor mein Haus zu setzen. Wir essen zu Abend und hören die Nachrichten, um uns von den Gedanken an die Website abzulenken, aber sobald wir fertig sind, schnappen wir uns ein paar Bier und machen es uns mit meinem Laptop auf dem Schoß auf meiner Couch bequem.

„Bingo!", ruft Susana aus und erschreckt mich zu Tode.

„Was erschrickst du mich denn so?", frage ich mit klopfendem Herzen.

Meine Freundin ignoriert mich völlig, denn die Hotelseite ist bereits in Betrieb, und es gibt eine Registerkarte mit der Bezeichnung "Feiern". Ich klicke darauf, bevor sie etwas sagen kann, und es erscheinen mehrere Fotos von verlobten Paaren in Dreierreihen. Der Name des Paares und das Datum der Feier stehen über jedem Stück.

Ich muss nicht sehr weit nach unten scrollen, um das Foto von Ana und Goyo zu finden.

„Was für ein Haufen reicher Leute ", murmelt mein Freund. Nach einer Weile ruft sie: „Ha!"

„Kannst du aufhören, so zu schreien?", frage ich sie wütend.

„Was für eine schlechte Laune du hast, Vega, du solltest glücklich sein. Am selben Tag wie die Hochzeit deiner Cousine gibt es noch zwei weitere Termine, so dass deine Geliebte mit Sicherheit zu einer der beiden anderen Hochzeiten gehörte."

Meine Geliebte. Als ich dieses Wort höre, stößt es mich ein wenig ab, weil es so alt klingt, aber gleichzeitig stelle ich mir vor, wie sie an mir klebt, mit meinem Körper an die Wand gepresst, wie in jener Nacht im Garten, und ich muss schlucken.

„Schau mal da."

Susana hat gerade auf eines der Paare hingewiesen, die an diesem Abend ihre Hochzeit feiern: Sergio und Rebeca. Ich klicke auf das Bild und es öffnet sich ein weiteres Fenster, in dem zwölf weitere Fotos zu sehen sind, die einen kleinen Überblick über die Feierlichkeiten im Hotel geben. Ich klicke auf das erste Bild und es vergrößert sich, bis es den ganzen Bildschirm einnimmt, aber da nur die Braut und der Bräutigam gezeigt werden, überfliege ich es sofort. Aber ich schaue mir die folgenden Bilder sehr genau an, weil sie die Gäste zeigen und die Frau von der Hochzeit in einem von ihnen sein könnte.

Plötzlich nähert Susana ihr Gesicht dem Bildschirm, nimmt einen Teil meines Platzes ein und kneift die Augen zusammen.

„Was machst du da?", frage ich und hebe meine Augenbrauen.

„Bei der Suche helfen."

„Aber du weißt nicht, wie sie aussieht", sage ich und rolle mit den Augen.

„Ich kann die Männer und alle Frauen über vierzig und unter dreißig ausschließen, das grenzt die Auswahl stark ein", sagt sie zufrieden.

Ich sage ich nichts zu ihr, weil ich dankbar für ihre Unterstützung bin, auch wenn es nur deshalb ist, weil sie vor Neugierde stirbt. Ich ignoriere sie und ihr Urteil und überfliege alle Bilder, eins nach dem anderen, mit einem klinischen Blick.

„Sie ist nicht da", sage ich und seufze schwer.

„Bist du sicher? Sie dir das hier an, sie hat sich umgedreht, aber das könnte sie sein, oder?"

„Sie hatte ihr Haar offen."

„Ah...", antwortet sie mit hohler Stimme, "Nun, schauen wir bei den anderen."

Ich gehe zurück zu dem anderen Paar: Mireia und Joaquín. Wieder zoome ich das erste Bild heran und schalte sofort weiter, denn die Gesichter der Braut und des Bräutigams, so hübsch sie auch sind, interessieren mich überhaupt nicht. Ich überfliege die Bilder, und als ich auf dem vierten bin, erstarrt mein Körper. Sie steht neben einem Tisch in einem Garten, der dem unseren sehr ähnlich ist. Sie steht neben drei Personen, die sich angeregt zu unterhalten scheinen, und einer von ihnen, ein großer, angenehm aussehender Mann mit fortgeschrittener Glatze, legt einen Arm um ihre Schultern und zieht sie zu sich heran. Das gefällt mir nicht, ich spüre einen kleinen Eifersuchtsknäuel, der sprunghaft zu wachsen scheint, denn sie sieht ihn an und lächelt ihn wissend an. Ist es ihr Mann?

„Was ist los?", fragt Susana und berührt meinen Arm mit der Fingerspitze.

„Das ist sie", flüstere ich, kurz vor einem Herzinfarkt stehend.

„Wer? Wer?", fragt sie verzweifelt. Ich zeige auf die betreffende Frau, und Susana rückt mit ihrem Gesicht so nah heran, dass sie fast den Bildschirm verschlingt.

„Verdammt, geh und lass deine Augen untersuchen", sage ich und schiebe sie weg.

„Meine Augen sind in Ordnung, nur ein wenig müde."

„Ja, ja..."

„Wer ist der Typ? Sie scheinen sich sehr gut zu verstehen."

„Ich habe keine Ahnung", antworte ich mürrisch.

Ich scrolle weiter durch die Bilder, diesmal nicht so aufmerksam, aber wieder halte ich inne, denn auf dem letzten Bild ist sie auch zu sehen. Diesmal ist sie im Esszimmer, wo sie an ihrem Tisch sitzt. Ich spüre eine unbeschreibliche Erleichterung, denn der Mann, der sie vorher umarmt hat, sitzt vor ihr neben einer Frau, die er in diesem Moment auf die Lippen küsst.

Ich vergrößere das Bild, um mich ausschließlich auf sie zu konzentrieren. Dabei geht viel Qualität verloren, aber die Frau lächelt in die Kamera, so wie sie mich beim ersten Mal angelächelt hat, und ich erinnere mich plötzlich an ihren Namen. Er kommt plötzlich und mit absoluter Klarheit, als wäre er schon immer da gewesen und hätte nur darauf gewartet, dass ich ihn finde.

„Ihr Name ist Ailén", sage ich zu Susana, ohne meinen Blick vom Bildschirm zu nehmen.

„Ailén? Bist du sicher? Ich glaube nicht, dass du dieses kleine Schild lesen kannst", sagt sie und blinzelt, um sich auf das Bild zu konzentrieren.

„Ich habe es nicht auf dem Schild gesehen, ich habe mich nur plötzlich daran erinnert, als ich ihr Lächeln gesehen habe..."

Ich ziehe es vor, den Satz nicht fortzusetzen, denn ich bin überzeugt, dass ich in den Ohren meiner Freundin etwas ziemlich Kitschiges gesagt hätte, und ich möchte nicht, dass sie mich damit aufzieht.

„Nun, es wird immer noch Operation Alien heißen, im Moment können wir den Namen nicht ändern."

Wenn ich nicht wie erstarrt wäre, würde ich ihr den Ellbogen geben, ich will nicht, dass sie es Alien nennt.

„Okay, wir haben sie gefunden und kennen ihren Namen, was machen wir jetzt?", fragt sie und starrt mich an.

„Ich habe keine Ahnung."

Meine Antwort ist ganz ehrlich: Ich habe schon eine Weile darüber nachgedacht, und mit dem, was wir haben, weiß ich nicht, wo ich weiter suchen soll.

„Ich kenne ihren Nachnamen nicht, ich weiß nicht, wo sie herkommt, und die Namen der Personen, die geheiratet haben, zu kennen, nützt mir auch nichts. Ich hatte gehofft, dass du dir etwas einfallen lassen."

Susana sieht mich ungläubig an, während sie sich nachdenklich an der Nase kratzt.

„Du hast Recht, ich werde sie auf Facebook suchen", sagt sie, nimmt ihr Handy und öffnet das soziale Netzwerk, „bei dem Namen werde ich sie sicher finden."

Die Idee erscheint mir zunächst unsinnig, aber es stellt sich heraus, dass es zwar viele Frauen mit diesem Namen gibt, wir aber das Glück haben, dass alle ein Foto hochgeladen haben und wir dementsprechend aussortieren können. Wir verbringen mehr als eine halbe Stunde damit, einen Namen nach dem anderen durchzugehen, ohne Erfolg, bis Susana gähnt und wir feststellen, dass es fast Mitternacht ist.

„Ich gehe nach Hause, komme morgen wieder und wir suchen weiter", sagt sie, während sie aufsteht.

„Wir können den Rest unseres Lebens mit der Suche verbringen, Susana. Wir wissen nicht, ob sie ihren Namen mit oder ohne Akzent schreibt, oder woher sie kommt."

Susana kommt auf mich zu, legt ihre Hände auf meine Wangen und drückt sie zusammen, als wäre ich ein Kind.

„Verliere nicht die Hoffnung", befiehlt sie mir und küsst mich auf die Stirn.

Gott, manchmal ist sie schlimmer als meine Mutter.

„Geh ins Bett, wir haben morgen den ganzen Tag Zeit und wir werden nicht aufhören, bis wir sie gefunden haben, das verspreche ich.

Sie sagt es so selbstbewusst, dass ich ihr sogar glaube und sie wie ein Narr anlächle.

„Danke, dass du mir geholfen hast, Susana", sage ich an der Tür.

„Ist schon gut", antwortet sie und winkt mit der Hand, um es herunterzuspielen.

Meine Freundin geht, ich lege mich ins Bett, aber anstatt einzuschlafen, greife ich zu meinem Laptop und öffne wieder Facebook. Sobald ich ihren Namen eingebe, werde ich überrascht.

Kapitel 15

Ailén Costa ist das erste Ergebnis, das bei der Suche erscheint, und die Frau, die in die Kamera lächelt, mit einem See im Hintergrund in ihrem Profilbild, ist Ailén. Meine. Die Frau von der Hochzeit. Wenn der Gedanke an sie meinen Puls zum Rasen brachte, kann ich es jetzt nicht beschreiben. Mein Herz fühlt sich an wie eine unkontrollierte Trommel und mir ist heiß. Meine Beharrlichkeit, sie zu suchen, hat sich gelohnt. Was ich fühle, ist real, es war nicht nur das Ergebnis dessen, was ich in dieser Nacht zu mir genommen hatte und wie ungehemmt ich sein konnte. Ailén kam in mein Leben und hat mich tief berührt, das ist meine Realität. Ich kann nicht erklären, warum. So etwas ist mir noch nie passiert, aber mir ist klar, dass es Dinge in mir weckt, wenn ich mich an sie erinnere oder jetzt, wo ich ein Bild von ihr vor mir habe. Plötzlich spüre ich Erleichterung. Ich vermute, dass ich tief im Inneren Panik davor hatte, sie wiederzusehen und nichts mehr von dem zu spüren, was ich in jener Nacht fühlte.

Ich sehe mir ihren Namen neben ihrem Bild noch einmal an, ohne es recht glauben zu können. Ich verstehe nichts, Susana und ich haben fast eine Stunde damit verbracht, Profile auf ihrem Konto mit diesem Namen zu studieren, und wir haben sie nicht gesehen, und sie erscheint mir überhaupt nicht. Erst als ich mich entschloss, über mein Profil zu suchen, entdeckte ich den Grund, warum sie bei mir das erste Suchergebnis war. Sie und meine Cousine Ana haben zwei gemeinsame Freunde, deshalb dachte Facebook wohl, dass, wenn man nach einer Ailén sucht, diese eine bessere Chance haben könnte als alle anderen. Was soziale Netzwerke in der Regel leisten können, macht mir Angst, aber heute bin ich sehr froh, in diesem Netzwerk präsent zu sein.

Jetzt fühle ich mich wie die glücklichste Frau der Welt, denn als Entschädigung für all die Schwierigkeiten, die ich bisher hatte, sie zu finden, stellt sich heraus, dass Ailén ein öffentliches Konto hat. Das Erste, was ich mir anschaue, ohne dass ich etwas dafür kann, sind die Fotos. Es scheint, als würde sie den Account nicht oft benutzen, sie hat nur wenige Bilder hochgeladen. Die meisten Bilder, auf denen sie zu sehen ist, sind, weil jemand sie getaggt hat.

Als ich der Meinung bin, dass ich genug gesabbert habe und mir selbst bestätige, dass das Bild, das ich mir von ihr eingeprägt habe, der Realität sehr nahe kommt, gehe ich zum Informationsteil. Sie wurde ein Jahr vor mir geboren, ist also wahrscheinlich schon in ihren Vierzigern, obwohl sie meiner bescheidenen Meinung nach nicht so aussieht.

Es sagt nicht, aus welcher Stadt sie kommt oder wo sie studiert hat, und das demoralisiert mich total, weil ich mich wieder verloren fühle. Ich weiß, dass ich ihr eine Freundschaftsanfrage schicken kann, aber mein Konto ist nicht nur privat, sondern hat auch kein Profilbild, weil ich in diesen Dingen ziemlich misstrauisch bin. Ich habe nicht einmal meinen Vornamen darauf stehen, nur meine mittleren Initialen und meinen Nachnamen. Ich gehöre wohl zu den wenigen Menschen, die nur echte Freunde haben und keine Bekannten, oder nicht einmal das. Susana zum Beispiel nimmt Anfragen von Leuten an, die sie überhaupt nicht kennt. Wenn ich eine Anfrage an Ailén sende, wird sie sie höchstwahrscheinlich ablehnen oder ignorieren.

Ich kann versuchen, ihr eine Nachricht zu schicken, aber was soll ich sagen? Hallo, ich bin die Frau von der Hochzeit, das in dich verknallt ist. Scheiße, das kann ich nicht tun, sie wird mich für verrückt und einen Stalker halten. Außerdem bin ich mir auch nicht sicher, wie ich mich fühle. Alle meine Gefühle beruhen auf einer Erinnerung, und ich muss sie persönlich sehen, um zu wissen, ob ich auch so empfinde.

Ich reibe mir die verschlafenen Augen und beschließe, schlafen zu gehen und morgen weiter in ihrem Account zu recherchieren. Vielleicht geben mir einige der Fotos oder die Leute, die sie markiert haben, einen Hinweis.

„Meine Cousine, verdammt noch mal", flüstere ich plötzlich.

Wenn sie zwei gemeinsame Freunde haben, brauche ich Ana nur zu bitten, sie nach ihr zu fragen. Ich lächle vor Zufriedenheit und seufze vor Freude.

„Jetzt habe ich dich, Ailén."

Ich kann meine Aufregung nicht zügeln. Ich wünschte, ich könnte Susana anrufen, um es ihr zu sagen, aber da es schon spät ist und sie sicher schon schläft, gebe ich mich damit zufrieden, ihr eine Nachricht zu schicken. Sobald sie aufwacht und es sieht, wird sie mich anrufen.

Kapitel 16

Als ich aufwache, habe ich das Gefühl, überhaupt nicht geschlafen zu haben, obwohl es fast zehn Uhr morgens ist. Ich setze mich plötzlich auf und habe das Gefühl, zu spät zu kommen, aber mir wird schnell klar, dass ich es nur deshalb so eilig habe, weil ich Ailén finden will. Ich nehme mein Handy ab und sehe, dass ich neun verpasste Anrufe von Susana und eine Nachricht habe.

„Du kannst mir nicht solche Nachrichten senden und nicht ans Telefon gehen. Ruf mich an."

Eine sehr typische Nachricht von meiner Freundin. Ich stehe auf, ziehe die Jalousie hoch und gehe auf den Balkon, um sie zu rufen, als ich mit Verwunderung sehe, dass sie vor meinem Haus parkt. Sie steigt aus dem Auto aus und wirft einen kurzen Blick auf das Gebäude. Sie tut es im Vorbeigehen, aber dann schaut sie zu meinem Fenster auf.

Er nimmt seine Sonnenbrille ab und setzt sie sich auf den Kopf.

„Steh nicht einfach da und öffne die Tür für mich!", brüllt sie wie eine echte Irre.

Ich renne zur Tür, bevor sie weiter schreit und die Nachbarn auf mich aufmerksam werden, oder noch schlimmer, die Polizei.

„Wie hast du sie gefunden?", fragt sie, sobald ich die Tür öffne.

Susana kommt mit einer Geschwindigkeit herein, die mich fast aus dem Gleichgewicht bringt. Ich bin beeindruckt.

„Du hättest Frühstück mitbringen können", bedaure ich, als ich sehe, dass sie nichts in den Händen hält.

„Und du hättest ans Telefon gehen können."

„Ich habe geschlafen", antworte ich und rolle auf dem Weg in die Küche mit den Augen.

Ich schenke mir und ihr einen Kaffee ein, während Susana den Schrank öffnet und Kekse, Muffins und was sie sonst noch so findet, herausholt.

„Komm schon, erzähl mir davon", fordert sie, während sie Zucker hinzugibt.

„Als ich mich auf Facebook mit meinem Konto anmeldete, erschien ihr Profil zuerst."

„Was für ein Zufall!", ruft sie mit großen Augen.

„Es ist kein Zufall. Ailén und meine Cousine Ana haben zwei gemeinsame Freunde, deshalb hat sich das wohl ergeben."

„Es ergibt Sinn", sagt sie nach ein paar Sekunden des Nachdenkens, "dass das Hotel nur Hochzeiten für reiche Leute ausrichtet. Wenn sie dort war, dann weil ihre Bekannten auch Geld haben. Wahrscheinlich tut sie das auch, und die Einzige, die hier am Hungertuch nagt, bist du."

„Du hast Recht, ich sollte damit nicht weitermachen. Sicherlich haben sie und ich nichts gemeinsam."

Plötzlich erscheint mir das alles von Anfang bis Ende verrückt. Ich kenne sie überhaupt nicht. Das Einzige, was ich über sie weiß, ist, dass ich sie mag, dass ich mich zu ihr auf eine Art und Weise hingezogen fühle, die mich schockiert und alle meine Pläne durchbricht, aber was passiert, wenn ich sie treffe? Vielleicht ist alles, was ich wahrgenommen habe, nur in meinem Kopf und sie erinnert sich nicht einmal an mich. Ich habe gerade meinen Hunger verloren.

„Du wirst es nicht wissen, bis du sie findest und fragst."

Susana sagt es mit der Gelassenheit von jemandem, der nicht mit Ungewissheit konfrontiert ist. Ohne zu verstehen, dass diese Situation für mich qualvoll ist.

„Würdest du an meiner Stelle nach ihr suchen?", frage ich meine Freundin.

Sie schaut mich von oben bis unten an, als wäre ich eine Idiotin, und stopft sich einen ganzen Keks in den Mund. Ich verstehe nicht wie sie das alles auf einmal schlucken kann.

„Natürlich würde ich nach ihr suchen", antwortet sie, nachdem sie genug gekaut hat, um sprechen zu können.

Mehrere Keksstücke sind ihr aus dem Mund geschossen, eines davon wäre fast in meine Kaffeetasse gefallen.

„Hat dir deine Mutter nicht beigebracht, nicht mit vollem Mund zu sprechen?", frage ich und bedecke aus reinem Instinkt meine Tasse mit der Hand.

„Der einzige nützliche Rat, den mir meine Mutter je gegeben hat, ist, nicht denselben Fehler wie sie zu machen und nicht den erstbesten Mann zu heiraten."

„Diese Ausrede war gut genug für dich, um mit gefühlt jedem in die Kiste zu springen", sage ich lachend.

„Ich brauche Vergleichsmaterial", sagt sie, bevor sie einen weiteren Keks in einem Zug hinunterschlingt.

Ich halte sie für unmöglich und zücke mein Handy. Ich schaue mir Ailéns Profil an und zeige es Susana. Im Gegensatz zu mir geht sie direkt zu den Informationen über und meine Augen werden glasig, als ich etwas lese, das ich gestern Abend nicht bemerkt habe. Sie hat keine Angaben zu ihrem Studium oder ihrem Geburtsort, aber sie hat Angaben zu ihrem Arbeitsplatz. Eine Bank.

„Das war mir nicht aufgefallen", sage ich und zeige auf den Namen der betreffenden Bank.

„Welchen Unterschied macht das? Jetzt musst du ihr nur noch eine Nachricht schicken und sie treffen."

Ich erkläre meiner Freundin, warum ich sie lieber persönlich sehen möchte, und sie nickt sofort.

„Du hast recht, wenn ich eine Freundschaftsanfrage von einem Profil wie deinem bekomme, lösche ich sie sofort. Und eine Nachricht kommt nicht in Frage, jemand mit einem solchen Profil kann nur böses im Sinn haben."

Ich schaue sie verwirrt an, obwohl ich tief in mir weiß, dass sie recht hat. „Nun, keine Panik, wenn man die Bank kennt, in der sie arbeitet, wird es nicht schwer sein, sie zu finden", sagt sie beruhigend.

„Weißt du, wie viele Filialen diese Bank hat? Willst du etwa herumgehen und jede einzelne ansprechen?", frage ich erstaunt.

„Wie wenig du Herrn Google und seinen Fähigkeiten vertraust", sagt sie kopfschüttelnd.

Susana legt ihr Handy selbstgefällig auf den Tisch. Sie öffnet die Suchmaschine, gibt den Namen der Bank und Ailéns vollständigen Namen ein und drückt auf Suchen.

„Aha!", ruft sie euphorisch und lässt mich vor Schreck zusammenzucken.

Ich muss sie dazu bringen, diese Ausbrüche zu unterdrücken, sonst erleide ich eines Tages einen Herzinfarkt.

Ich werfe einen Blick auf den Bildschirm und das erste Ergebnis ist so aufschlussreich, dass ich fassungslos bin. Es handelt sich um die Website der Bank, und direkt darunter steht der Name von Ailén Costa als Leiter einer bestimmten Filiale.

„Wow...", seufze ich und weiß nicht, was ich noch sagen soll.

Susana klickt auf den Browser und wir erfahren, dass Ailén als Managerin in der Hauptfiliale in einer fünfzig Minuten entfernten Stadt arbeitet. Ich beginne, kurzatmig zu werden. Plötzlich ist sie zu einer sehr realen Möglichkeit geworden. Ailén ist in meiner Reichweite, ich muss nur das Auto nehmen und an ihrem Arbeitsplatz auftauchen.

„Zieh dich an, wir gehen", fordert Susana.

Aber ich kann mich nicht bewegen, ich brauche ein paar Sekunden, um das zu verdauen. Jetzt kann ich nicht aufhören, mir mögliche Szenarien auszumalen, und ich bin so negativ, dass dasjenige, das mir am wahrscheinlichsten vorkommt, das ist, in dem Ailén ein Pokerface macht, wenn sie mich sieht, weil sie sich nicht an mich erinnert. Angst steigt in meiner Kehle auf und ich kann kaum noch atmen.

„Was machst du? Wirst du dich umziehen?"

Susana ist im Moment stur wie Esel. Sie packt mich am Arm und zieht mich auf die Beine.

„Wir haben uns nicht den Arsch aufgerissen, um sie zu finden, und jetzt stehst du da wie angewurzelt. Beweg dich."

Und das war's, damit hat sie alles gelöst. Wir gehen in mein Zimmer und ich öffne den Kleiderschrank.

„Was machst du da?", fragt sie und schiebt mich von der Tür weg.

Ich starre sie schockiert an. Ich denke, es ist offensichtlich, was ich tue, aber da sie ein wenig aufgeregt ist, erkläre ich es ihr.

„Kleidung aussuchen."

Ich zucke mit den Schultern, als ich es sage, und sie runzelt die Stirn.

„Zuerst duschen", befiehlt sie und deutet auf das Badezimmer.

„Ich habe gestern Abend geduscht", protestiere ich und verziehe mein Gesicht.

„Wenn das Ganze in ein Date hinausläuft, wirst du mir später danken."

Mir fallen fast die Augen aus den Höhlen. Ist das Ihr Ernst? Ich sehe sie an, ohne zu blinzeln, und sie deutet auf das Badezimmer als einzige Antwort.

„Glaubst du wirklich, dass wir ein Date haben werden?", frage ich. "Am wahrscheinlichsten ist doch, dass sie sich nicht an mich erinnert, und wenn doch, wird sie mich für eine Stalkerin halten. Glaub mir, Susana, Ailén wird wahrscheinlich den Sicherheitsdienst rufen."

Meine Freundin räuspert sich, verschränkt die Arme und hebt die Augenbrauen. Ich bin wirklich am Durchdrehen. Aber ich beschließe, mich nicht zu streiten, schnappe mir saubere Unterwäsche und schließe mich im Bad ein.

Kapitel 17

„Ich kann nicht reingehen", sage ich und habe das Gefühl, ich würde ersticken.

Wir haben nur ein paar Blocks von der Bankfiliale entfernt geparkt, in der Ailén arbeitet. Ich habe Glück, dass Susana angeboten hat, mich zu fahren, denn meine Hände zittern und schwitzen, seit ich mein Haus verlassen habe, und jetzt, wo wir hier sind, nur noch wenige Minuten davon entfernt, sie zu treffen, fühlt sich mein Körper an, als wäre er gelähmt. Ich halte mich an der Armlehne der Tür fest, mein Körper ist starr, mein Blick geradeaus gerichtet.

Susana wendet sich mir mit null Empathie zu und schnallt mich ab.

„Wenn du denkst, dass ich eine Stunde gefahren bin, um dir dabei zuzusehen, wie du dich vor Angst in die Hosen scheißt, hast du dich geschnitten."

Er öffnet die Tür und steigt aus. In Rekordzeit umrundet sie das Auto, öffnet meine Tür, zieht mich heraus und packt mich dann am Arm.

„Okay, aber gib mir eine Sekunde, selbst meine Augenlider zittern", frage ich und lehne mich gegen das Auto.

„Du bist vierzig, Vega", nickt sie ungläubig.

„Neununddreißig", korrigiere ich sie.

„Was auch immer, in unserem Alter kann man nicht mehr herumalbern. Du bist eine erwachsene Frau und sie ist es auch. Ihr habt euch auf einer Hochzeit kennengelernt und euch ineinander verknallt. Verdammt noch mal, Vega, ihr habt rumgemacht und wenn die Handbremse nicht angezogen gewesen wäre, hättet ihr in dieser Nacht gefickt. Es ist normal, dass du nach ihr Ausschau hältst und wissen willst, wie es sich anfühlt, wenn du nüchtern bist. Niemand wird dich dafür kritisieren, schon gar nicht sie."

Wow, ich hätte nicht gedacht, dass es irgendetwas gibt, das mich beruhigen könnte, schon gar nicht von ihr, aber sie hat es geschafft, also seufze ich tief, ziehe mein Tank-Top wieder an und gehe los.

Als wir die Tür erreichen, klopft mein Herz bereits in meinen Schläfen. Aber Susana hat recht, in dieser Nacht ist einiges zwischen uns passiert, darunter auch ein Kuss, der mir ernst genug erscheint, um zumindest darüber zu reden. Ich öffne also die Tür und Susana schaut mich stolz an.

Mit dem Unsinn, dass jetzt alles über Automaten abgewickelt wird, ist die Bank praktisch leer. Drinnen sind nur ein paar ältere Damen und ein Mann mit einem Ordner in der Hand. Ich stehe in der Warteschlange, weil ich niemanden sehe, den ich fragen kann, und als ich mich umdrehe, sehe ich zu meinem Entsetzen, dass Susana auf die Tür eines Büros zugeht, neben der ein kleines Schild mit der Aufschrift Direktor steht.

„Scheiße", flüstere ich zu spät.

Susana klopft mit den Fingerknöcheln an die Tür und öffnet sie, ohne auf eine Antwort zu warten. Mein Herz bleibt stehen und alles um mich herum verschwindet, während sie in mir hin und her schaut. Es scheint leer zu sein.

„Entschuldigung, Sie können da nicht rein", warnt ein Angestellter, der fast hinter dem Tresen hervorgelaufen ist.

„Ich muss mit dem Direktor sprechen, es ist sehr dringend", erklärt Susana mit gespielter Verzweiflung.

„Es tut mir leid, aber alle Besuche sind nur nach Vereinbarung möglich."

„Dann geben Sie mir gleich einen Termin", fordert sie.

Oh je, wie peinlich.

„Ich kann nicht, die Direktorin ist im Moment im Urlaub und kommt erst in zehn Tagen zurück, also machen Sie dann einen Termin."

In diesem Moment bricht die Welt unter meinen Füßen zusammen. Ich habe so lange gebraucht, um den Mut aufzubringen, hierher zu kommen, und es stellt sich heraus, dass sie im Urlaub ist.

„Lass uns gehen", sage ich gut gelaunt zu Susana und nehme sie am Arm.

„Warte", flüstert sie, als wir die Tür erreichen, „wenn ich den Typen ein bisschen dränge, wird er mir wahrscheinlich sagen, wo sie wohnt."

Meine Freundin ist definitiv verrückt.

„Ja, klar, und ihre Telefonnummer gibt er dir auch", schnauze ich und rolle mit den Augen, "Weißt du, was Datenschutz ist?"

Susana zieht eine Grimasse und wir gehen aus der Bank.

„Es ist vorbei", sage ich völlig ernst, "wir haben sie gesucht, wir haben sie gefunden, und sie ist nicht da. Ich werde keinen Finger mehr rühren. Vielleicht werde ich in zwei Wochen wieder hingehen, einen Termin mit ihr vereinbaren und alles Weitere auf sich beruhen lassen."

„Das war's also? Du lässt diese zwei Wochen verstreichen, ohne etwas zu tun?", protestiert meine Freundin.

„Und was soll ich sonst tun?"

„Lass uns zu deiner Cousine gehen und sie bitten, mit diesen Bekannten zu sprechen."

„Auf keinen Fall. Das werde ich Ana nicht fragen."

„Warum nicht?"

Susana verschränkt mitten auf der Straße die Arme. Was für ein Spektakel wir hier veranstalten.

„Weil ich mich nicht mehr erniedrigen will, ich habe genug davon."

„Oh, bitte", schnaubt sie wie ein Büffel, "das ist keine Erniedrigung, das ist Liebe."

Ich stoße die Luft mit geschwollenen Wangen aus und schüttle den Kopf. Sie hätte auch etwas weniger Kitschiges sagen können.

„Komm schon, Vega", bittet sie fast flehend, "du hast deine Cousine einmal um Hilfe gebeten, und sie war vielleicht ein bisschen kurz angebunden und hat den Lippenstift-Quatsch geschluckt. Aber ich versichere dir, dein Cousin hat es nicht getan, und sobald wir das Haus verlassen haben, haben sie sicher darüber gesprochen."

„Zu wissen, dass mein Cousin rausgefunden hat, dass ich eine Frau mag, beruhigt mich ungemein, vielen Dank."

Jetzt bin ich diejenige, die die Arme verschränkt. Ich kann nicht glauben, dass mir das alles widerfährt.

„Du bist ein Feigling", spuckt sie und blinzelt.

Ich mag alles sein, aber nicht das, das habe ich wohl mehr als bewiesen.

„Das ist nicht wahr", verteidige ich mich ein wenig beleidigt.

„Dann beweise es: Wenn dein Cousin dir nicht helfen kann, verspreche ich, meine große Klappe zu halten."

Sie macht eine Geste, als würde sie einen Reißverschluss zuziehen.

„In Ordnung", sage ich resigniert.

Wir steigen ins Auto, und auf dem Weg zum Haus meiner Cousine bete ich, dass sie nicht da ist, aber das klappt nicht, und als sie die Tür öffnet und mich sieht, heben sich ihre Augenbrauen.

„Vega!", ruft sie fröhlich aus. "Meine Mutter wird sich freuen."

„Ist sie hier?"

„Ja, mein Vater und Goyo sind zum Golfspielen gegangen, und wir bleiben lieber hier, als ihnen dabei zuzusehen, wie sie einem Ball hinterherlaufen. Willst du zum Mittagessen bleiben?", fragt sie, als sie uns hereinbittet.

„Nein danke, Ana. Wir haben bereits Pläne", sage ich und schaue Susana an, damit sie nicht durchdreht.

In diesem Moment kommt meine Tante aus dem Bad, und als sie mich sieht, breitet sie ganz aufgeregt die Arme aus. Für einige Augenblicke erstarre ich, weil ich nicht verstehe, warum sie meinen Bruder im Stich gelassen hat, aber dann reagiere ich und umarme sie fest, weil aus irgendeinem Grund ein Band zwischen uns entstanden ist, das ich nicht brechen kann, egal wie abscheulich ich das finde, was sie getan hat.

„Vega, Schatz, was machst du hier?", fragt sie fröhlich. „Nun, ich wollte Ana eigentlich um einen Gefallen bitten", erkläre ich, und meine Wangen brennen.

„Mich?" Ana ist überrascht, als ob niemand sonst etwas von ihr will.

„Ja, es hat sich herausgestellt, dass ich die Frau mit dem Lippenstift gefunden habe."

„Das ist gut", sagt sie fröhlich.

„Suchst du immer noch nach ihr?", fragt meine interessierte Tante.

Ich werde rot bis zu den Haarwurzeln.

„Ja, es ist nur so, dass es sehr schwierig ist, an diesen Lippenstift heranzukommen", behaupte ich und bringe Susana zum Kichern.

„Lass uns in den Garten gehen, um darüber zu reden, es ist ein schöner Tag", schlägt meine Cousine vor.

Das arme Ding sieht aus wie aus einem Präriehaus, so unschuldig ist sie. Wir setzen uns in ein paar Sesseln unter einem Zelt, das Susana mit Bewunderung ansieht.

„Sag nichts", bitte ich sie leise.

„Erzähl schon", bittet meine Cousine, während sie Gläser mit frischer Limonade einschenkt.

„Ich habe sie über Facebook gefunden, sie hat nicht viele Informationen, aber es hat sich herausgestellt, dass du und sie ein paar gemeinsame Freunde habt, und ich habe mich gefragt, ob du mir eine Adresse geben kannst, an die ich ihr Lippenstift schicken kann."

„Natürlich", sagt sie und freut sich, helfen zu können, "sagen mir, wer diese Freunde sind, und ich werde sie fragen."

„Kannst du sie auch bitten, ihr nichts zu sagen? Ich möchte, dass es eine Überraschung ist", sage ich und werde heiser vor Nervosität.

Ich nenne ihr die Namen der beiden Freundinnen, und Ana erklärt mir, dass sie eine von ihnen kaum kennt, aber die andere kennt sie seit ihrer Kindheit, und sie hat ihre Telefonnummer. Also ruft sie sie direkt an, und in kürzerer Zeit als erwartet habe ich Ailéns Adresse auf einen Zettel geschrieben.

„Vielen Dank, Ana, wirklich.“

„Dafür ist die Familie doch da, oder?“, antwortet sie mit einem Lächeln.

Mein Blick gehorcht nicht und ich konzentriere mich so unverhohlen auf meine Tante, dass ich spüre, wie sie sich anspannt. Sie weiß es, und jetzt weiß sie auch, dass ich es weiß, und es baut sich eine Spannung auf, die wir alle spüren und von der ich nicht weiß, wie ich sie durchbrechen soll.

„Ana, Tochter, hast du Vegas Freundin schon das Haus gezeigt? Ich bin sicher, sie würde es gerne sehen.“

„Ich heiße Susana, Ma'am", erinnert sie sie, "und ich würde mich sehr über einen Rundgang freuen", fügt die klatschsüchtige Freundin meiner Freundin hinzu.

„Nun, das ist alles", sagt Ana und steht auf, "kommst du, Vega?“

„Nein, mir ist zu warm, also wenn es dir nichts ausmacht, zeige es mir ein anderes Mal. Mir geht es hier draußen gut, und auf diese Weise kann ich deiner Mutter Gesellschaft leisten.“

„Natürlich", stimmt sie zu und verschwindet mit Susana, die ihr fröhlich wie ein Kind nachläuft.

Sie ist ebenso chaotisch wie schamlos.

Kapitel 18

„Wie lange weißt du es schon?", fragt meine Tante, ohne um den heißen Brei herumzureden.

„Meine Mutter hat es mir vor ein paar Tagen erzählt."

„Ich verstehe..."

Ihre Stimme ist leiser geworden und sie senkt den Kopf, was mir ein schlechtes Gewissen bereitet, ohne dass ich weiß, warum.

„Du musst mich für ein Monster halten", sagt sie, ohne mich anzuschauen.

„Ich weiß nicht, was ich glauben soll, Tantchen, wirklich. Ich verstehe nicht, warum du so etwas tust, und ich verstehe nicht, warum du dich danach um seine Ausgaben kümmerst. Warum tust du das, wenn du ihn nicht willst?"

„Weil er mein Sohn ist, Vega."

Jetzt starrt sie mich an, und in ihren Augen sehe ich nur Schmerz.

„Warum hast du ihn verlassen? Erkläre es mir, damit ich es verstehe", bitte ich sie.

„Weil es das Beste für ihn war."

„Für ihn oder für dich?" Mein Ton ist so streng wie der Blick, den ich ihr zuwerfe.

„Für uns beide."

Ihre Augen tränen und ihre Unterlippe beginnt zu zittern. Instinktiv beuge ich mich vor und nehme ihre Hand in meine. Sie sieht mich bei dieser Geste überrascht an, als wäre ihr klar, dass sie kein Mitleid von mir verdient, und vielleicht tut sie das auch nicht, aber es kommt einfach so rüber, ich weiß nicht, wie ich mich anders verhalten soll.

„Sag es mir, bitte, damit ich es verstehe."

Sie nickt schließlich.

„Du musst mir versprechen, dass du es niemandem erzählst, nicht deiner Mutter, nicht deinem Bruder", sie räuspert sich, als sie ihn so nennt, "nicht deinem Onkel oder deinen Cousins. Versprich es mir."

„Ich schwöre, ich werde es niemandem sagen."

„Was hat dir deine Mutter erzählt?"

Ich erkläre ihr die Geschichte meiner Mutter, und sie nickt mehrmals, während sie aufmerksam zuhört.

„Deine Mutter hat immer geglaubt, dass ich deinen Bruder losgeworden bin, damit ich mit deinem Onkel zusammen sein kann."

„Und das hast sie nicht?"

„Nein", sagt sie und weint.

„Und warum denkt sie das dann?"

„Weil ich damals nicht den Mut hatte, ihr die Wahrheit zu sagen, und dann verging die Zeit. Ich verließ das Dorf, und nach einiger Zeit wurde ich mit deiner ältesten Cousine schwanger. Als sie geboren wurde, habe ich sie meinen Eltern vorgestellt, und ich konnte sehen, wie sie mich alle ansahen, auch deine Mutter, die die Hand deines Bruders hielt. Sie hielten ihn für ein Monster, und teilweise fühlte ich mich auch so, denn damals war es für mich noch unmöglich, ihn anzusehen."

„Meinen Bruder?", frage ich, mehr und mehr verloren.

„Ja."

„Warum?"

„Ein Teil von dem, was deine Mutter dir erzählt, ist wahr. Ich war schon eine Weile mit einem Jungen aus dem Dorf zusammen, aber dann kam dein Onkel und ich habe mich total in ihn verliebt. Ich konnte nicht anders, und obwohl ich es versuchte, weil ich weiß Gott alles tat, um nicht an ihn zu denken, konnte ich es nicht. Ich wusste, dass ich nie glücklich sein würde und dass ich den Mann, mit dem ich zusammen war, nie glücklich machen konnte, also beschloss ich, mutig zu sein und für das zu kämpfen, was ich wollte."

„Hast du dich von ihm getrennt?"

„Er hat mit mir Schluss gemacht", murmelt sie und schaut verständnislos auf den Boden.

„Ich verstehe dich nicht, Tantchen."

„Ich traf ihn eines Nachmittags in der Nähe des Flusses, wo wir oft spazieren gingen, und erzählte ihm davon. Ich erklärte ihm, dass ich mich in einen anderen verliebt hatte, in der unschuldigen Annahme, dass er es verstehen würde."

„Und das hat er nicht."

„Nein, hat er nicht."

Ihr Körper spannt sich an, und seine knochigen Hände greifen fest nach den Armlehnen des Stuhls.

„Er hat mich geschubst", sagt sie plötzlich.

Ich bin wie erstarrt und starre sie an. Sie spricht so unverblümt, als ob sie sich an diesen Moment erinnert, als ob er jetzt wäre.

„Ich fiel rückwärts auf den Boden und er stürzte sich auf mich, schrie mich an, dass ich eine Schlampe sei und hob den Rock meines Kleides hoch. Ich versuchte mich zu wehren, aber sie war auf mich geklettert und sein Gewicht drückte mich zu Boden. Er war ein großer Mann mit viel Kraft."

Ich schluckte, da ich nicht sicher war, ob ich bereit war, das zu hören, was ich dachte, was sie sagen würde.

„Er hielt mir beide Hände über den Kopf und sagte mir, wenn ich schreien würde, würde er dasselbe mit meiner Schwester tun."

Ich lehne mich mit offenem Mund in meinem Stuhl zurück und bin sprachlos, während mir die Tränen der Hilflosigkeit und der Wut über die Wangen laufen.

„Ich erkannte, dass ich nichts tun konnte und dass Widerstand noch viel schlimmer wäre, also blieb ich ruhig und hielt mich am Gras fest, als er fertig war."

Jetzt beugte ich mich vor und umarmte sie. Wir weinen beide gerade genug, denn wir wissen nicht, wie lange es dauern wird, bis

Ana und Susana zurückkommen, und wir wollen nicht, dass sie etwas merken.

„Ich wusste nach ein paar Wochen, dass ich schwanger war. Eine Abtreibung kam für uns nicht in Frage, und das wusste ich auch, aber ich konnte das Baby nicht behalten, nicht damals. Ich wusste, dass sein unschuldiges kleines Gesicht mich täglich daran erinnern würde, was passiert war, und er hatte es nicht verdient, dass man auf ihn herabschaute oder schlimmer noch, ihn nicht einmal ansah. Ich habe getan, was ich für das Beste für ihn hielt."

„Weiß mein Onkel Bescheid?"

„Ja. Ich fiel in eine tiefe Depression, obwohl ich versuchte, meiner Familie gegenüber stark zu sein. Ich sagte diesem Bastard, er solle sich von mir fernhalten, und ich ging von der Arbeit nach Hause und von der Arbeit nach Hause, aber dein Onkel kam immer zu mir, wenn ich ausging. Er sagte, er habe bemerkt, dass ich traurig war, und eines Tages konnte ich es nicht mehr ertragen und habe es ihm erklärt. Er wollte ihn umbringen", erklärt sie und lächelt traurig. "Ich war diejenige, die ihn gebeten hat, nichts zu tun und musste die Sache so schnell wie möglich vergessen. Er hat mir angeboten, alles zu tun, was ich brauche, sogar die Abtreibung zu bezahlen oder das Kind als sein eigenes zu nehmen. Du weißt ja, wie die Geschichte ausging", sagt sie, als sie die Frauen durch den Garten zurückgehen sieht.

„Warum hast du meiner Mutter nicht die Wahrheit gesagt?"

„Als ich den Schmerz akzeptieren konnte, war es schon zu spät, es war schon zu lange her."

„Du kannst es ihr jetzt sagen."

„Nein, mein Schatz", sagt sie und senkt seine Stimme, "das würde ihr und deinem Bruder nur Schmerz und Schuldgefühle bereiten. Die Dinge müssen so bleiben, das ist das Beste für alle."

„Aber nicht für dich", jammere ich frustriert.

„Ich kann nicht mehr leiden, und ich weiß, dass es deinem Bruder gut geht. Er hätte in keine besseren Hände geraten können, und dafür werde ich deiner Mutter immer dankbar sein. Sag es nicht weiter, Vega, bitte."

„Ich verspreche es. Ich werde es niemanden erzählen."

Sie lächelt mich an und wir wischen uns die Tränen aus dem Gesicht, gerade als sie uns erreichen.

„Habt ihr geweint?", fragt meine Cousine besorgt.

„Vom Lachen", antworte ich schnell, "Deine Mutter hat mir einiges über meine Mutter erklärt, als sie klein waren."

Ich zwinkere meiner Tante zu und sie lächelt mich wieder an. Zum Abschied umarme ich sie so fest, dass ich sie nur ungern wieder loslasse, und verspreche ihr, sie bald wieder zu besuchen. Und ich habe die Absicht, dieses Versprechen zu halten.

„Geht es dir gut?", fragt Susana, als wir ins Auto steigen.

Ich nicke. Ich würde es dir gerne sagen, aber meine Tante wünscht, dass dies ein Geheimnis bleibt, und ich muss mein Wort halten, so sehr ich Susana auch vertraue.

„Ja, bin nur ein bisschen nervös."

„Du wirst darüber hinwegkommen, wenn du sie siehst. Warte nur ab", sagt sie und meint damit Ailén.

Es stellt sich heraus, dass sie in einer Wohnsiedlung in der Nähe der Wohnung meiner Cousine Ana wohnt, und innerhalb von zwanzig Minuten stehen wir vor ihrem Haus. Es ist nicht so pompös wie das meiner Cousine, aber man merkt, dass es jemandem gehört, der wohlhabend ist.

„Lass uns da rübergehen", sagt Susana entschlossen.

„Nein, du bleibst hier, ich muss das alleine machen."

Ich überrasche mich selbst, indem ich ihr diesen Auftrag gebe. Ich dachte, wenn ich hier ankomme, würde ich zittern und kneifen, aber nach dem, was meine Tante mir erklärt hat, werde ich nicht das Handtuch werfen. Es hat sie eine Vergewaltigung gekostet, für das zu kämpfen, was sie fühlte, und nicht für das zu kämpfen, was ich fühle, wäre so, als ob all ihr Kampf umsonst gewesen wäre. Ich steige aus dem

Auto, stelle mich aufrecht hin, gehe zu ihrer Tür und klingle ohne zu zögern.

Mit klopfendem Herzen warte ich geduldig und drücke nach einer, wie ich meine, angemessenen Zeit erneut auf die Taste, aber niemand öffnet die Tür. Ich schaue Susana an, die mich mit einer Geste auffordert, es nochmal zu versuchen, und gerade als ich wieder klingeln will, kommt der Nachbar von nebenan heraus.

„Suchen Sie nach Ailén?", fragt er und mustert mich.

„Ja, ich bin eine alte Bekannte."

Der neugierige Blick der Frau bringt mich dazu, mich zu rechtfertigen, und das macht mich wütend.

„Sie müssen an einem anderen Tag wiederkommen, sie ist im Urlaub."

„Wow", antworte ich mit hohler Stimme.

„Sie hat eine Alarmanlage", fügt er hinzu, bevor er mir den Rücken zudreht und erhobenen Hauptes weggeht.

Denkt sie, ich bin hier, um zu stehlen? Ich steige ins Auto und schlage die Tür zu.

„Sie ist im Urlaub", erkläre ich mürrisch, "ich werde sie erst wieder suchen, wenn sie zu arbeiten beginnt, und ich will nicht, dass du mich weiter drängst", warne ich sie.

Susan wiederholt die Geste über ihre Lippen, als würde sie einen Reißverschluss schließen, und startet den Wagen. Die Operation Alien ist beendet.

Kapitel 19

„Willst du morgen etwas unternehmen? Wir können an den Strand gehen oder in ein Spa, ich wollte schon immer mal irgendwo hin, um mich zu entspannen", schlägt Susana auf dem Weg zurück zu meinem Haus vor.

„Klar, wir können hingehen, wo immer du willst."

„Ich bin sicher, die Tage werden schnell vergehen. Es sind nur ein paar Wochen, nicht einmal das", stellt sie klar.

„Du bist so süß, wenn du dich um mich sorgst", lache ich und kneife ihr in die Wangen.

Susana gibt mir eine Ohrfeige und wirft mir einen vernichtenden Blick zu, weil sie gerne das harte Mädchen spielt, aber in Wirklichkeit steckt unter dem Mantel der starken und entschlossenen Frau eine weiche Person, die ich bewundere.

„Willst du reinkommen?", frage ich sie, als sie hinter meinem Auto anhält.

„Nein, ich habe ein bisschen Kopfschmerzen und ich denke, ich werde den Rest des Tages zu Hause bleiben und nichts tun. Ich rufe dich heute Abend an und wir entscheiden, was wir morgen tun."

„Perfekt, ruh dich etwas aus."

Ich küsse sie auf die Wange und steige aus dem Auto. Ich überquere die Straße und gehe zu meiner Tür, während ich nach meinen Schlüsseln suche, die ich auf den Boden fallen lasse, sobald ich dort ankomme. Auf einer der Stufen, die zur Tür führen, sitzt Ailén Costa und starrt mich an, während sie sich auf die Lippen beißt und eine Augenbraue hochzieht.

„Du bist eine Augenweide", sagt sie zur Begrüßung, bevor mein ganzer Körper zu zittern beginnt.

Sie bewegt sich nicht, sieht nur zu mir auf und lächelt, während ich hier stehe, still wie eine Statue, ohne zu blinzeln.

„Ailén...", stoße ich hervor.

„Ich war mir sicher, dass du dich nicht an meinen Namen erinnern würdest."

Sie steht auf und ich schlucke, während ich versuche zu atmen. Falls ich irgendwelche Zweifel daran hatte, wie es sich anfühlen würde, sie wiederzusehen, so wurden sie soeben völlig zerstreut. Mein Herz klopft wie immer, wenn ich an sie denke, in meinem Körper, ganz zu schweigen von dem Kribbeln, das sich gegen meine Brust drückt, als sie sich nähert. Sie bleibt in sehr kurzem Abstand vor mir stehen und gleichzeitig zu lange, weil ich den Drang verspüre, mich auf sie zu stürzen, sie zu umarmen, zu küssen und ihr auch die Kleider vom Leib zu reißen. Scheiße. Ich wünschte, ich hätte die gleiche Ruhe, die sie zu haben scheint, dass sie mich mit ihren Augen verschlingt, ohne ein Zittern in ihrem Puls.

„Mache ich dich nervös?", fragt sie plötzlich.

Ich nicke, weil das einfacher ist als zu reden, und sie lächelt so verführerisch, dass mir die Luft wegbleibt, die in meine Lungen eindringt. Wahrscheinlich laufe ich schon blau an und ich versuche zu atmen. Als ich es nicht kann, gerate ich in Panik, und dann kommt die Luft plötzlich und ich atme so tief ein, dass ich spüre, wie sich meine Brust wie ein Ballon aufbläht.

„Es ist so schön, dich zu sehen", sagt sie und streckt ihre Hand aus, um sanft meine Wange zu streicheln.

Die Wärme ihrer Hand durchströmt meinen Körper wie eine Flamme.

„Und ich bin froh, dich zu sehen."

Ich schaffe es, mich ein wenig zusammenzureißen, obwohl mein Körper immer noch zittert und die Schmetterlinge immer noch da sind, die es mir schwer machen, mich wie eine Erwachsene zu verhalten.

„Ich komme gerade von deinem Haus."

Ich platze mit diesem Satz heraus, und mein Mund ist völlig trocken, wie wenn ich verkatert wäre.

„Wirklich?"

Jetzt wirkt sie völlig überrascht, dann lächelt sie und nickt langsam mit dem Kopf. Mein Gott, ich möchte sie küssen. Ailén streichelt wieder meine Wange, und diesmal verweilt sie etwas länger, streicht leicht und hinterhältig über mein Ohrläppchen, was mir eine Gänsehaut bereitet.

„Ich dachte, du würdest dich nicht an mich erinnern", fügt sie seufzend hinzu.

„Seit der Hochzeit habe ich dich gesucht", gestehe ich.

Jetzt lächelt sie ein halbes Lächeln und lehnt sich näher an mich heran.

„Willst du mich nach oben einladen, oder soll ich dich lieber vor den Augen deiner Nachbarn im Eingang deines Hauses küssen?"

Ich keuche, während ich versuche, meine Fassung zu bewahren und mich nicht wie ein Panther auf sie zu stürzen. Ich bejahe und bücke mich, um die Schlüssel aufzuheben, die immer noch auf dem Boden liegen, seit ich sie gesehen habe. Wir kommen zur Tür und ich schaffe es nicht, den Schlüssel ins Schloss zu stecken, also legt Ailén mit all ihrer Entschlossenheit und der Ruhe, die ich mir für mich selbst wünsche, ihre Hand auf meine und führt mich, bis ich es schaffe, die Tür zu öffnen.

Wir stehen vor dem Aufzug und ich drücke den Knopf, während sie sich an meinen Rücken drückt. Ich spüre ihren Atem an meinem Hals und schlucke erneut, seufze, um mich zu beherrschen. Ich möchte mich umdrehen und wieder die Wärme ihrer Zunge in meinem Mund spüren, das ist plötzlich alles, was ich will, aber der Aufzug kommt an und die Türen öffnen sich. Wir steigen ein und ich drücke den Knopf mit der Nummer zwei. Die Türen schließen sich und ich spüre ihre Hand an meiner Taille, bevor ich die Kälte der Fahrstuhlwand an meinem Rücken spüre. Ailén hat mich wieder in die Enge getrieben und starrt mich mit geweiteten Pupillen an, die ihre unglaublichen schwarzen Augen noch mehr verdunkeln. Ich bin diejenige, die den Abstand schließt und sie leicht küsst, weil sich die Türen wieder öffnen.

Wir gehen raus und in mein Haus. Wir legen unsere Taschen auf das Sofa und ich schalte die Klimaanlage ein, weil mein Körper brennt.

„Willst du einen Drink?", frage ich sie fast ohne sie anzusehen.

„Ich möchte, dass du dich beruhigst, Vega", bittet sie mich und nimmt meine Hand, "entspann dich. Wenn du nirgends sein musst, haben wir den ganzen Tag Zeit zu reden, denn ich habe den Eindruck, dass das zwischen uns sehr notwendig ist."

„Ich kann immer noch nicht glauben, dass du hier bist", sage ich und lasse die Spannung in Form eines Seufzers heraus.

„Ich auch nicht, aber ich gehe nicht weg, also keine Sorge."

„Möchtest du etwas Wasser?", frage ich, öffne meinen Kühlschrank und hole den Krug heraus sowie ein paar Gläser. Als ich den Schrank öffne, spüre ich einen stechenden Schmerz in meinem Nacken, der mich erstarren lässt. Ich schreie auf, weil es höllisch weh tut, verdammte Spannung.

Ailén dreht sich zu mir um, alarmiert durch meine Beschwerde, und sieht mich erstaunt an.

„Alles okay?"

Ich sehe sie verlegen an. Ich brauche nicht zu antworten, denn mein Körper verrät mich, meinen Kopf kann ich nicht nach rechts drehen.

„Das passiert mir manchmal, wenn ich nervös bin", gestehe ich verlegen. Mein Körper ist steif wie ein Stock.

Ailén lächelt verneinend und stellt den Krug auf dem Tisch ab. Sie geht um mich herum und stellt sich hinter mich. Ihre Hände ruhen auf meinen Schultern und massieren mich sanft, was mich sehr beruhigt, mir aber auch einen Schauer über den Rücken jagt, denn die Berührung ihrer Finger auf meiner nackten Haut verbrennt mich und lässt mich ein beunruhigendes Vergnügen spüren.

„Du musst dich entspannen, bei dieser Anspannung ist es kein Wunder, dass du dich verhakst", flüstert sie.

Ich drehe mich um, damit sie mich nicht mehr berühren kann, und versichere ihr, dass es mir besser geht.

„Dein Nachbar ist sehr unangenehm", versuche ich, mich zu beruhigen.

„Es tut mir leid, dass du ihn kennenlernen musstest."

„Und er hat mir unterstellt, dass ich zu deinem Haus gegangen bin, um zu stehlen." Ailén kann sich das Lachen nicht verkneifen und bricht in schallendes Gelächter aus, auch ich lache und trinke etwas von dem Wasser, das sie gerade in die Gläser geschüttet hat. Dann lade ich sie ins Wohnzimmer ein und führe sie zum Sofa, wo sie mich anstarrt, ohne das teuflische Lächeln zu verlieren, das mich auf eine kränkliche Art anzieht.

„Ich wäre sehr erfreut, wenn du mir erklären könntest, wie du mich gefunden hast. Ich fühle mich geschmeichelt und bin fasziniert, aber ich glaube, wir müssen erst noch etwas anderes klären", sagt sie und wird ernst.

„Was denn?", frage ich mit rasendem Herzen.

Ailén tätschelt meine Beine und ich halte den Atem an.

Kapitel 20

Ailén

Vega sieht mich wie gelähmt an, ihr Mund ist halb geöffnet und sie hält den Atem an. Kein Wunder, dass sie anfällig für Verspannungen ist.

„Komm her", sage ich ihr, falls nicht klar ist, was ich will.

Sie schluckt und zittert, macht aber einen Schritt nach vorne, dann noch einen, und schließlich legt sie ein Knie auf beide Seiten meiner Beine und setzt sich auf mich. Ich lächle und lege meine Hände auf ihre Taille. Vega sagt immer noch nichts, sie sieht mich nur auf eine Weise an, die mich noch verzweifelter macht als an dem Abend, an dem ich sie kennenlernte.

Ich lege meine Hände auf ihre Wangen, umschließe damit ihr Gesicht und beuge mich leicht vor.

„Mach es nicht so wie bei der Hochzeit, Vega, halte dich nicht zurück", flüstere ich und sie schluckt.

Sie nickt mit einer Geste, die ich sehr zärtlich finde, denn sie ist total verlegen, aber auch verängstigt.

„Ich denke, es ist das Beste, wenn wir jetzt ficken und diese sexuelle Spannung zwischen uns loswerden, meinst du nicht?", schlage ich ohne Umschweife vor.

Vegas Augen weiten sich und sie räuspert sich, während sie mit dem Kopf nickt. Wenigstens stimmt sie zu. Wenn wir so weitermachen, werden wir beide mit einer Halskrause enden.

„Später, wenn du ganz entspannt bist, erzählst du mir, wie du mich gefunden hast. Das interessiert mich wirklich", flüstere ich und blinzle.

Vega packt meine Hände an den Handgelenken und zieht sie von ihrem Gesicht weg auf die Rückenlehne des Sofas. Diese herrische Geste und der hungrige Blick, mit dem sie mich ansieht, machen mich so an, dass ich noch mehr erregt bin, als sie mich zu küssen beginnt, meine Hände loslässt und ihre Hände an meine Seiten legt, um sie langsam an meinem Körper hinauf und hinunter zu führen.

Ich spüre, wie die Luft durch ihre Liebkosungen aus meinen Lungen entweicht, und ich nehme ihren Atem in mir auf, während sie in meinen Mund seufzt. Plötzlich steht alles in Flammen, und ich verspüre ein unbändiges Verlangen, sie zu spüren, ihr Stöhnen in mich aufzunehmen und den Orgasmus, den ich ihr schenken will, bis zum letzten Atemzug zu genießen. Eine meiner Hände streichelt die Innenseite ihres Oberschenkels, und ein Keuchen entweicht ihr, das mich verzweifeln lässt. So sehr, dass ich beschließe, das Vorspiel auszulassen, und während meine andere Hand ihren Hintern fest umklammert, was sie erneut zum Keuchen bringt, öffnet die andere ihre Hose und schlängelt sich wie eine Schlange unter ihr Höschen, bis sie ihr Geschlecht erreicht.

„Ailén", seufzt sie und schließt die Augen.

Ich hebe sie hoch, bis sie mit einer erschrockenen Geste rückwärts auf das Sofa fällt, ziehe ihr die Hose und Unterwäsche herunter. Sie sieht mich entsetzt an, weil sie sich entblößt und verletzlich fühlt, und gleichzeitig kann sie es kaum erwarten, dass ich weitermache.

„Ich war noch nie mit einer Frau zusammen", gesteht sie, als wäre das ein Verbrechen.

Ich lege mich auf sie, lege meine Hand zwischen ihre Beine und dringe in sie ein, was sie zu einem Stöhnen veranlasst, das mich wild macht.

„Es gibt für alles ein erstes Mal, Vega. Soll ich weitermachen?"

Sie bejaht eindringlich und mein Gehirn schaltet in diesem Moment ab, denn von da an kann ich mich nur noch auf sie konzentrieren, darauf, sie zu erfreuen, all meine Fähigkeiten zu zeigen und mich vor Vergnügen zu winden, wenn sie es ist, die die intimsten Winkel meines Körpers inspiziert, zuerst mit Angst, dann mit einer Heftigkeit und Geschicklichkeit, die zwei heftige Orgasmen hervorrufen, die meinen Körper erschüttern, ohne mir eine Atempause zu geben.

Jetzt liegen wir viel entspannter auf dem Sofa und verharren einige Minuten lang in absoluter Stille. Vega lehnt mit dem Rücken an meiner Brust, während ich die ihren Arms mal hinauf- mal hinabfahre. Sie dreht sich zu mir um, sieht zu mir auf und lächelt sanft, nachdem sie die ganze Anspannung, die sie innerlich zerfressen hat, losgelassen hat.

„Es ist besser so, nicht wahr?", frage ich spitzbübisch.

„Viel besser", antwortet sie lachend, "Hast du schon gegessen? Ich bin am Verhungern."

„Nein, ich habe noch nichts gegessen, und außerdem macht mich Sex sehr hungrig."

Vega steht auf, ohne mit dem Lächeln aufzuhören, zieht sich nur ihre Hose und ihr T-Shirt an, weil sie ihre Unterwäsche nicht finden kann, und lädt mich ein, ihr in die Küche zu folgen. Ich ziehe mich ebenfalls an, und nachdem wir einige Tapas und einen Salat zubereitet haben, setzen wir uns an den Tisch, um sie zu verzehren.

„Nun, ich denke, jetzt kannst du mir sagen, wie du mein Haus gefunden hast."

„Ich hoffe, du hältst mich nicht für verrückt", nickt sie und zieht die Augenbrauen hoch.

Ich lache leugnend, und sie beginnt, mir alles zu erzählen, was sie getan hat, um mich zu finden. Ich schaue sie an, irgendwo zwischen erstaunt und begeistert, weil ich denke, dass all die Mühe, mich wiederzusehen, das Schönste ist, was jemand bisher für mich getan hat.

„Und dann kam dein hochnäsiger Nachbar heraus und sagte mir, dass du im Urlaub bist", fährt sie fort, "und die Welt brach für mich zusammen, denn nach all den Mühen, die ich auf mich genommen hatte, um dich zu finden, denke ich, ich hätte es verdient, dass du da bist", sagt sie ein wenig enttäuscht.

Ich nehme ihre Hand und küsse sie.

„Ich stieg in das Auto meiner Freundin, entschlossen, dich nicht mehr zu suchen, und als ich ankam, warst du da", sagt sie, immer noch geschockt.

„Sag mir, Vega, warum hast du beschlossen, mich zu suchen?"

Meine Frage überrascht sie, und ihr Mund bleibt offen stehen. Ich mag es sehr, wenn sie das macht, dann sieht sie so unschuldig aus, dass ich sie immerzu knuddeln möchte.

Ihr Handy fängt an zu klingeln. Vega sieht, wer sie anruft, schaltet es aus und legt es zurück auf den Tisch.

„Du gehst nicht ran?", frage ich neugierig.

„Es ist meine Freundin Susana, die mir geholfen hat, dich zu finden. Wenn ich antworte und ihr sage, dass du hier bist, wird sie mich ins Kreuzverhör nehmen", lächelt sie amüsiert, "später rufe ich sie an, keine Sorge."

Ich zucke mit den Schultern und Vega fährt fort, meine Frage zu beantworten.

„Ich war an diesem Abend betrunken und ich dachte, das könnte alles beeinflusst haben, was ich mit dir gefühlt habe. Du hast vieles in mir geweckt, Ailén, von der Neugier über ein Kribbeln in der Brust bis hin zu einer Erregung zwischen den Beinen, die mich wirklich aus der Fassung gebracht hat."

„Und doch hast du dich zurückgehalten", nickte ich beeindruckt, "ich musste mich noch nie bei jemandem so sehr beherrschen wie in dieser Nacht bei dir. Ich schwöre, ich wäre praktisch sofort über dich hergefallen, sobald ich dich gesehen habe, aber du warst so schüchtern."

Vega errötet bis über beide Ohren, und das gefällt mir auch.

„Es war nicht deine Hochzeit, was hast du dort gemacht? War dir deine langweilig?"

„Überhaupt nicht", antworte ich ehrlich, "ich habe mich gut amüsiert, aber es gab einen Moment, in dem ich von so vielen Menschen umgeben war. Ich musste etwas frische Luft schnappen und ein paar Minuten von all dem Trubel abschalten, also ging ich in den

Garten und begann herumzulaufen. Als ich feststellte, dass ich mich in eurem Garten befand, sah ich die leere Bank, die etwas versteckt war, und es schien mir ein guter Platz zu sein, um mich hinzusetzen und die Minuten zu nehmen, die ich für mich brauchte."

„Und ich habe es für dich vermasselt", sagt sie und zieht eine Grimasse.

„Im Gegenteil, als du auftauchtest, war ich von deinem Anblick fasziniert. Du hattest etwas an dir, das mich in seinen Bann zog, und das ist immer noch so. Plötzlich verschwand alles um mich herum. Ich vergaß die andere Hochzeit, weil jede Minute, die ich mit dir verbrachte, wie eine Sekunde verging."

Vega schluckt nach meinem Geständnis und kratzt sich nervös an den Haaren. Ich will nicht, dass sie wieder in diesen angespannten Zustand zurückfällt. Wir müssen weiter miteinander reden und ein für alle Mal klären, was zwischen uns los ist.

„Du hast mir nicht geantwortet, warum hast du mich gesucht?", frage ich, schließlich sind wir vom Thema abgekommen und sie hat meine Frage nicht zu Ende beantwortet.

„Ich musste herausfinden, ob ich alles, was ich für dich empfunden habe, als ich halb betrunken war, auch nüchtern empfinden würde", gesteht sie und seufzt.

„Und tust du es?"

Diese Frage versetzt mich in Panik, eher ihre Antwort, aber ich muss sie stellen, sonst macht es keinen Sinn, Vega zu finden.

„Tausendfach", sagt sie schlicht und einfach.

„Wow", rufe ich erleichtert aus.

„Und du? Wie hast du mich gefunden?"

„Nun, mein Abenteuer war nicht so aufregend wie deins", gebe ich mit einem Blick der Niederlage zu, "ich sah dich am nächsten Tag das Hotel verlassen."

„Wirklich? Ich dachte, du hättest schon ausgecheckt", sagt sie überrascht.

„Ich wollte es gerade tun und war schon in meinem Auto, als ich dich gehen sah.“

„Warum hast du nichts zu mir gesagt?“, fragt sie ein wenig verärgert.

„Ich weiß es nicht, Vega. Ich hatte einen schweren Kater und sah dich am Ende des Abends so angespannt, dass ich es nicht für eine gute Idee hielt, dich zu diesem Zeitpunkt anzusprechen. Also habe ich mir das Kennzeichen deines Wagens aufgeschrieben – ich habe einen guten Freund, der im Verkehrswesen arbeitet. Ich wollte es ihm geben und ihn bitten, mir zu sagen, wem der Wagen gehört, aber als ich ihn anrief, war er bereits im Urlaub und konnte mir nicht helfen.“

Vega fängt an zu lachen. Ich weiß nicht, ob sie meinen Plan für Blödsinn hält oder sich darüber amüsiert, dass es nicht so gelaufen ist, wie ich es wollte.

„Und dann?“

„Ich habe ein paar Tage verstreichen lassen, weil ich dachte, dass ich vielleicht zu impulsiv war und dass der Alkohol viel mit meinen Gefühlen zu tun haben könnte, genau wie du. Ich konzentrierte mich auf die Arbeit und beschäftigte mich abends mit verschiedenen Dingen, bis ich letzte Woche meinen Urlaub nahm und das Warten unerträglich wurde.“

Vega sieht mich erwartungsvoll an, und ich will nur noch unser Gespräch beenden, damit ich sie wieder ausziehen kann.

„Ich habe einen Privatdetektiv engagiert“, sage ich, woraufhin sie in Gelächter ausbricht.

„Wirklich?“, fragt sie, immer noch lachend.

„Wirklich. Jeder hat seine eigenen Ressourcen. Ich wäre nie auf die Idee gekommen, das zu tun, was du getan hast, aber ich habe dich gefunden, und das ist es, was zählt.“

„Das muss dich eine Menge Geld gekostet haben.“

„Es war jeden Euro wert, den ich bezahlt habe“, küsse ich sie auf die Wange.

Sie wirkt von meiner Antwort verwirrt, weshalb ich auf sie zukommen und ihr einen dieser Küsse gebe, die einem den Atem rauben. Vega steht auf und zieht mich wieder auf das Sofa zurück.

„Werden wir uns jeden Tag sehen?", fragt sie, während wir uns hinlegen.

Jetzt setzt sie sich auf mich und beobachtet mich von ihrer erhöhten Position aus, um auf eine Antwort zu warten.

„Ich hoffe es, Vega Ferrer."

Sie lächelt verschmitzt und lehnt sich über mich, wobei sie ihre Hände auf beide Seiten meines Kopfes legt. Ihre dominanten Gesten machen mich wirklich an, denn es fühlt sich nicht so an. Es ist ein rein sexueller Charakterzug, der in solchen Momenten in ihr zum Vorschein kommt, und das macht mich total an.

Werde ich mit Vega gut zurechtkommen? Ich habe keine Ahnung. Aber ich habe sie gesucht und sie hat mich gesucht, und das muss doch etwas bedeuten.

www.ingramcontent.com/pod-product-compliance
Lightning Source LLC
Chambersburg PA
CBHW051854130726
47987CB00002B/827